Papillotes
Γευστικές Αναμνήσεις

Domaine grec,
collection « LES BILINGUES L'ASIATHÈQUE »

- *Destins brisés* (bilingue grec-français), nouvelles de Dinos Christianopoulos présentées et traduites par Josette Doron, préface d'Henri Tonnet.
- *Je me souviens de Maria* (bilingue grec-français), nouvelle de Ménis Koumandaréas traduite par Nicole Le Bris.
- *Le Quatrième Suspect* (bilingue grec-français), nouvelle de Yannis Maris présentée et traduite par Henri Tonnet.
- *Une chatte pour Lélos Livas* (bilingue grec-français), recueil de nouvelles présenté et traduit par Loïc Marcou.
- *La Matière première du ciel – Yannis Tsarouchis* par Odysseas Elytis (bilingue grec-français), Essai présenté et traduit du grec moderne par Nicole Le Bris.

Autres ouvrages du domaine grec :

- *Méthode de grec moderne,* par Henri Tonnet, avec la collaboration de Georgios Galanes et de Marianthi Oikonomakou.
- *Histoire du grec moderne,* par Henri Tonnet.
- *Précis pratique de grammaire grecque moderne,* par Henri Tonnet.
- *Dictionnaire français-grec moderne à l'usage des francophones,* par Henri Tonnet.
- *Cuisine des Juifs de Grèce,* par Nicholas Stavroulakis, traduit de l'anglais par Mireille Saül et Marianne Grange.
- *Cuisines de Crète,* par Nicholas Stavroulakis, traduit de l'anglais par Marianne Grange.

« LES BILINGUES » N° 34

Papillotes

Γευστικές Αναμνήσεις

Dimitris K. Psychoyos
(Δημήτρης Κ. Ψυχογιός)

Nouvelles traduites du grec
par Nicole Le Bris

bilingue grec moderne-français

L'ASIATHÈQUE
maison des langues du monde
2024

En accord avec l'auteur, la présente édition ne reprend pas toutes les nouvelles figurant dans l'édition grecque.

Couverture : Philippe Thiollier et Jean-Marc Eldin.

Composition et mise en pages : Jean-Marc Eldin.

Édition grecque : *Γευστικές Αναμνήσεις* (Souvenirs savoureux), © Dimitris K. Psychoyos et éditions Epikentro A.E., Thessalonique, 2016.
Édition française (bilingue) : © L'Asiathèque – maison des langues du monde, 1, rue Deguerry, 75011 Paris, 2024.
info@asiatheque.com – www.asiatheque.com

ISBN : 978-2-36057-395-0 – ISSN : 1269-8903

Dimitris K. Psychoyos est né en 1948 à Léchaina, dans cette région du Péloponnèse appelée l'Élide. Il a été chercheur et universitaire, il est toujours journaliste et écrivain. Dans son œuvre, outre un roman et des essais (ainsi que des traductions de Hannah Arendt), se remarquent deux recueils de textes à coloration autobiographique. L'un d'eux, qu'on va lire ici pour partie, présente une particularité : son auteur a choisi de placer sous le signe du goût le récit de certains épisodes de son existence. « Souvenirs savoureux », tel est le titre qu'il leur a donné.

On sait depuis Proust que d'une tasse de thé peut sortir tout un monde. En moins métaphysique, sur le mode plutôt de la drôlerie, c'est bien ce qui se passe ici. L'expérience gustative invoquée sert de point de départ, ou de point central, à un flot de pensées plaisamment spontanées — du moins d'apparence spontanée. S'arrondissant en cercles concentriques autour de leur prétexte initial, elles délimitent, et littéralement

ressuscitent, à la fois un temps du passé grec et un fragment de la vie du narrateur. Loin de tout pathos : ici dominent l'humour et la malice. L'auteur s'amuse à plaisir de ses jeunes expériences et de celui qu'il a été, avec une prédilection pour le récit de ses déboires, réels ou inventés — sans que sa verve épargne celui qu'il est devenu maintenant. Il sait immédiatement gagner notre complicité de lecteur aux dépens de son jeune double, — mais l'efficacité de cette écriture n'est pas moindre quand l'émotion vient à relayer l'ironie.

Le tout forme un repas de choix. La fragmentation choisie fait la preuve de sa vertu : chacune de ces petites histoires possède son autonomie et son charme propre, et son isolement, son cadrage serré, lui confèrent un relief particulier. À se succéder — sans s'asservir à la chronologie — elles s'organisent en une sorte de puzzle, ou plutôt de miroir éclaté, en un bouquet d'instantanés cueillis le long d'une existence, et que relient entre eux le sourire de l'écrivain et son refus constant de se prendre au sérieux.

Nicole Le Bris

Pont-l'évêque, σαν πρώτος οργασμός

Στην Εθνική Ιστορία η 13η Δεκεμβρίου έχει καταχωρηθεί ως η επέτειος του αποτυχημένου αντιπραξικοπήματος του τότε βασιλιά Κωνσταντίνου, που έγινε το 1967 – μια ακόμη απόδειξη της ανικανότητάς του. Αν είχε επιτύχει, η Ιστορία της χώρας θα ήταν διαφορετική. Τουλάχιστον άφησε παράπλευρο όφελος εκείνη την εποχή να δώσει η χούντα αμνηστία για τη νίκη της: βγήκαν από τις φυλακές και τα κρατητήρια φίλοι και σύντροφοι, οι πρώτοι που είχαν συλληφθεί για αντιδικτατορική δράση.

Στην ασήμαντη για την Ιστορία προσωπική μου ιστορία, η 13η Δεκεμβρίου αποτελεί την επέτειο της αναχώρησης, τρία χρόνια αργότερα, το 1970, για μεταπτυχιακές σπουδές στο Παρίσι. Με πολλά σχέδια και όνειρα περί τη Φυσική Επιστήμη που κανένα τους δεν

Pont-l'évêque, comme un premier orgasme

Dans l'Histoire nationale la date du 13 décembre renvoie au contre coup d'État tenté le 13 décembre 1967 par Constantin, à l'époque roi du pays, pour déloger les Colonels[1] — vaine tentative et preuve supplémentaire de son incapacité. Si la chose avait réussi, l'histoire du pays aurait pris un cours différent. À l'époque il y eut quand même dans l'affaire ceci de bon que pour marquer sa victoire la junte décréta une amnistie ; amis et compagnons, emprisonnés depuis la première vague d'arrestations pour action subversive contre la dictature, sortirent de leurs cellules.

Mais dans mon insignifiante histoire personnelle, le 13 décembre est l'anniversaire de mon départ pour Paris, trois ans plus tard, en 1970. J'y venais en tant que doctorant, avec en tête un monde de projets et de rêves centrés sur la science physique, qui tués par la junte ne

1. La dictature des Colonels dura d'avril 1967 à juillet 1974. Le coup d'État de la junte eut lieu le 21 avril 1967, le contre coup d'État du roi Constantin le 13 décembre de la même année. Son échec contraignit le roi à s'exiler à Rome avec sa famille. L'ex-roi Constantin II, né en 1940, est mort le 10 janvier 2023.

ευοδώθηκε· τα σκότωσε η χούντα. Άφησε όμως άλλα καλά – ένα από αυτά ήταν η ανακάλυψη των τυριών, που δεν με ενδιέφεραν ως τότε. Είχα στενή σχέση μόνο με τα γλυκά: από πολύ μικρός κατανάλωνα όλες τις προμήθειες που άφηνε στην άκρη η μητέρα για τις επισκέψεις και την ντρόπιαζα όταν έφθαναν και διαπίστωνε πως δεν υπήρχε ίχνος στο βάζο με το γλυκό του κουταλιού ή στη φοντανιέρα με τα σοκολατάκια. Με όλα τα υπόλοιπα εδέσματα, η σχέση ήταν χρηστική, όπως περίπου συμβαίνει και σήμερα.

Το Παρίσι υποδέχθηκε θριαμβευτικά τον επαρχιώτη φυσικό που είχε πάει να το κατακτήσει, γεμάτο αφίσες για τον Francis Bacon – το θεώρησα σημαδιακό πως η άφιξή μου συνέπιπτε με εκδηλώσεις για τον φιλόσοφο Φραγκίσκο Βάκωνα, σύγχρονο του Κέπλερου και του Γαλιλαίου, από τους θεμελιωτές της εμπειρικής μεθόδου στις φυσικές επιστήμες. Μετά από μερικές ημέρες έμαθα πως επρόκειτο για λάθος Μπέικον: όχι για τον «Βάκωνα» αλλά για τον ζωγράφο Μπέικον που οργάνωναν αναδρομική έκθεσή του στο Grand Palais, νομίζω. Απογοητεύθηκα. Τα έργα του ζωγράφου δεν μου αρέσουν για τη βιαιότητά τους, όχι για την τότε δυσάρεστη πλάνη, είμαι σίγουρος.

Με υποδέχτηκε και με ανθοδέσμες από νιφάδες, τις σωστές πάλλευκες κρυσταλλικές απόλυτα γεωμετρικές νιφάδες. Το παράκανε από τον ενθουσιασμό του, ήταν φοβερός εκείνος ο Δεκέμβρης του 1970, από τους χειρότερους στη Γαλλία. Το Παρίσι είχε αποκλειστεί για ημέρες

vinrent jamais à terme. Sur d'autres plans pourtant je tirai profit de ma transplantation — c'est à elle que je dois, par exemple, la révélation des fromages. Jusque-là les fromages m'avaient laissé indifférent. Je n'avais de liens étroits qu'avec les sucreries. Tout petit déjà je faisais main basse sur celles que ma mère mettait de côté pour les visites, lui infligeant la honte, le jour venu, de ne plus trouver trace de fruits confits dans le bocal, ni de chocolats dans la bonbonnière. Avec les autres aliments mes relations étaient utilitaires, à peu près comme maintenant.

Paris fit un triomphe au physicien provincial venu le conquérir. Partout des affiches au nom de Francis Bacon — et ces manifestations, juste à mon arrivée, en l'honneur de Francis Bacon, le philosophe contemporain de Kepler et Galilée, un des pères fondateurs de la méthode expérimentale en physique, me firent l'effet d'un présage. J'appris quelques jours plus tard que je m'étais trompé de Bacon : celui-là était le Bacon peintre, dont le Grand Palais, je crois, proposait une rétrospective. Je fus déçu. Je n'aime pas la peinture de Bacon. Non pas, j'en suis sûr, à cause de ma déconvenue d'alors, mais à cause de son parti pris de violence.

Pour m'accueillir Paris avait aussi prévu des bouquets de flocons, les flocons de rigueur tout blancs, aux cristaux parfaitement géométriques. Mais son enthousiasme l'entraîna un peu loin — ce mois de décembre 1970 fut un des plus rigoureux que la France ait connus. Des jours durant, la ville fut bloquée par la

από το χιόνι, ούτε τα τρένα δεν μπορούσαν να φθάσουν, η κεντρική της αγορά δεν μπορούσε να εφοδιαστεί και έφθαναν Χριστούγεννα. Τα αυτοκίνητα ντεραπάριζαν στους παγωμένους δρόμους, οι πεζοί γλιστρούσαμε στα πεζοδρόμια. Τα αθηναϊκά καστόρινα μποτάκια δεν προστάτευαν, το ψύχος σκαρφάλωνε από τα πόδια σε όλο το σώμα – που δεν ήταν και σοβαρά προφυλαγμένο από το παλτουδάκι, το κατάλληλο μόνο για μεσογειακούς χειμώνες. Ήξερα πως ο Μπέικον (ο δικός μου) είχε πεθάνει από πνευμονία που την άρπαξε κάνοντας πρωτοποριακά για την εποχή του πειράματα κατάψυξης, οπότε και εγώ δεν αισθανόμουν καθόλου καλά.

Παραμονή Χριστουγέννων είχαμε ρεβεγιόν στο «Ελληνικό Σπίτι», τη Fondation Hellénique της Διεθνούς Φοιτητούπολης των Παρισίων. Καινούργιος εγώ, δεν περνούσα τέλεια· ξενύχτησα όμως ελπίζοντας πως δεν θα κοιμόμουν μόνος. Απέτυχα, ξύπνησα κατάμονος μεσημέρι. Πεινασμένος, έβαλα βιαστικός τα μποτάκια, το παλτουδάκι και τα μάλλινα της μάνας να τρέξω να προλάβω το φοιτητικό εστιατόριο που ήταν ευτυχώς ακριβώς δίπλα στο Ελληνικό Σπίτι – κλειστό, χριστουγεννιάτικη αργία. Τι τρώει ο φοιτητής που έχει ήδη καταναλώσει τα 700 φράγκα της υποτροφίας του για να εγκατασταθεί στον νέο τόπο, είναι πολύ μακριά για να του στέλνουν καλάθια και αχρείαστες συμβουλές οι γονείς, έχει δανειστεί κάτι λίγα για να βγάλει τον μήνα και δεν έχει ακόμη γνωριμίες για να τον τραπεζώσουν; Δεν πηγαίνει σε εστιατόριο, φυσικά· ψάχνει

neige. Les trains n'arrivaient plus. À la veille de Noël les Halles se trouvaient coupées de leurs fournisseurs. Les voitures dérapaient par les rues verglacées, et nous, les piétons, glissions sur les trottoirs. Mes *boots* athéniennes en castor ne me protégeaient pas. Le froid grimpait par les pieds et envahissait tout le corps, sans que mon petit pardessus trois-quarts, prévu pour les hivers méditerranéens, le combatte sérieusement. Je savais que Bacon (mon Bacon à moi) était mort d'une pneumonie qui lui était tombée dessus au cours d'expériences de réfrigération très en avance sur son époque, en sorte que moi-même je ne me sentais pas bien du tout.

La veille de Noël, à la Fondation hellénique de la Cité universitaire, nous avions réveillon. Pour le nouveau que j'étais la soirée ne fut pas très réussie. Pourtant je restai jusqu'au bout, soutenu par l'espoir de ne pas dormir seul. Peine perdue : me réveillant le lendemain vers midi, j'étais radicalement seul, et tenaillé par la faim. En toute hâte je mis mes *boots,* mon pardessus trois-quarts, les lainages maternels, et courus pour être à temps au restaurant universitaire, situé par chance juste à côté. Porte close : Noël, jour férié. Prenez un étudiant qui a déjà dépensé les 700 francs de sa bourse pour sa nouvelle installation ; ses parents sont trop loin pour lui envoyer paniers de vivres et conseils superflus ; il a déjà emprunté un peu pour boucler le mois ; et il n'a pas encore de connaissances susceptibles de l'inviter. Comment fait-il pour manger ? Il ne va pas au restaurant, bien sûr. Il cherche un magasin ouvert où acheter

να βρει μαγαζί ανοιχτό να αγοράσει κάτι φθηνό, να στυλωθεί: ψωμοτύρι.

Τα πόδια βούλιαζαν στο παρθένο χιόνι γύρω από τη Fondation Hellénique, το κρύο με περόνιαζε, το φάντασμα του Βάκωνα πλανιόταν πάνω από τα κρυσταλλιασμένα δέντρα. Έπρεπε οπωσδήποτε να αγοράσω μπότες – με τι λεφτά; Αηδιαστική παγωμένη γλίτσα με περίμενε στο πεζοδρόμιο και στο λιθόστρωτο του μεγάλου βουλεβάρτου. Βρήκα μινιμάρκετ ανοιχτό λίγο παρακάτω. Είχε ψωμί σε φέτες, είχε και τυριά, πολλά τυριά, πάρα πολλά για τα ελληνικά μέτρα της εποχής, όλα άγνωστα σε μένα – εκτός από το καμαμπέρ. Το έβλεπα σε πανέρια στο φοιτητικό εστιατόριο, δεν το είχα σε καμιά εκτίμηση: γυμνά τριγωνικά κομματάκια με κρεμώδες υποκίτρινο εσωτερικό και γύρω γύρω ζαρωμένη φλούδα με καφετιές κηλίδες. Μου έδιναν την εντύπωση πως ήσαν βρώμικα έτσι πεταμένα στον σωρό σε καλάθια, είχα αποφύγει να τα δοκιμάσω.

Δεν έβλεπα στο μινιμάρκετ βαρέλια και ντενεκέδες με φέτα ούτε κεφάλια με κασέρι ή κεφαλοτύρι. Όλα τα τυριά σε μικρές συσκευασίες, χάρτινες οι περισσότερες, μερικές από λεπτό ξύλο, άγνωστα ονόματα πλην του καμαμπέρ που ήθελα να αποφύγω. Η ευτραφής κυρία στο ταμείο δεν έδειχνε καμιά διάθεση να βοηθήσει, κρύωνε και αυτή. Έψαχνα κάτι φτηνό, δεν έβρισκα άκρη γιατί οι συσκευασίες δεν είχαν το ίδιο βάρος. Κατέληξα σε κάποιο τυρί που ξεχώριζε για το ξύλινο τετράγωνο κουτί του – τα περισσότερα ήσαν στρογγυλά και ύποπτα να μοιάζουν με το

quelque chose d'économique pour prendre des forces : du pain et du fromage.

Aux abords de la Fondation hellénique mes pieds s'enfonçaient dans la neige vierge. Le froid me transperçait, le fantôme de Bacon planait au-dessus des arbres cristallisés. Il fallait absolument que j'achète de bonnes bottes — mais avec quoi ? Sur le trottoir, sur les pavés du grand boulevard, m'attendait une immonde matière glissante et gelée. Un peu plus bas je trouvai une supérette ouverte. Il y avait du pain en tranches, et aussi des fromages, une profusion inouïe de fromages, comparée à ce qu'on trouvait en Grèce à l'époque ; tous inconnus de moi — sauf le camembert. Mais le camembert, je n'appréciais pas du tout. Je le voyais dans des corbeilles au restaurant universitaire, sous forme de portions triangulaires à nu, exposant une substance crémeuse jaunâtre recouverte d'une croûte ridée pleine de taches marron. Elles me faisaient l'effet d'être sales, ainsi jetées au panier en tas, et j'évitais d'y toucher.

Dans le magasin, pas de barils ni de bidons de féta, pas de meules de *kasséri* ou de *kéfalotyri.* Les fromages avaient tous leur petit emballage, fait le plus souvent de papier, quelquefois de bois mince. Ils portaient des noms inconnus, à l'exception du camembert, que je voulais éviter. De la dame corpulente à la caisse il n'y avait clairement aucune aide à attendre : elle aussi était frigorifiée. Je cherchais quelque chose de bon marché, mais les poids divers inscrits sur les emballages embrouillaient mes calculs. J'optai pour un fromage que signa-

επίσης στρογγυλό καμαμπέρ. Με έντονη μαυροκόκκινη ετικέτα εντελώς χωριάτικη, Pont-l'évêque, διάβασα. «Γέφυρα του Επίσκοπου», αστείο όνομα.

Γύρισα ξυλιασμένος στο ζεστό δωμάτιό μου – και ακόμη πιο πεινασμένος. Το ξετύλιξα, είχε ευχάριστο χρώμα προς το πορτοκαλί το τυράκι μου, ξεβαμμένο σε λευκό εδώ και εκεί· φαινόταν στερεό και ευχαριστήθηκα, θα ήταν κάπως σαν το δικό μας κασέρι. Πράγματι το χρώμα του εσωτερικά ήταν κιτρινωπό αλλά δεν ήταν τόσο συμπαγές όσο θα ήθελα. Έβαλα στο στόμα μου την πρώτη μπουκιά.

Είναι μυστήριο γιατί δεν έχουμε λέξεις για τις γεύσεις και τα αρώματα ενώ έχουμε δεκάδες για τα χρώματα. Μόνο με αναφορά σε γνωστές γεύσεις μπορούμε να περιγράψουμε άλλες. Αυτό όμως που ένιωσα εγώ ήταν χωρίς προηγούμενο, δεν είχα αντίστοιχες γεύσεις να παραπέμψω. Ένιωθα απέραντη ευχαρίστηση που από τη στοματική κοιλότητα διαπήδησε κατευθείαν στον εγκέφαλο και διαχύθηκε σε όλο το σώμα. Ευχαρίστηση μεγαλύτερη και από αυτή που μου έδινε η «ξυπόλυτη» γαλατόπιτα της Αποκριάς, ανώτερη και από αυτή που μου χάριζε το στιβαρό ρεβανί της Δυτικής Ελλάδας, που δεν έχει καμιά σχέση με το χαζοχαρούμενο σιροπιαστό γλυκό της Αθήνας. Υπήρχε και κάτι τραγανό που θύμιζε παστέλι, δεν ξέρω πού βρέθηκε εκείνη τη στιγμή εκεί στο μαλακό τυρί. Μάλλον είχε κρυσταλλώσει από το κρύο· οι νιφάδες συνέχιζαν ακούραστες να χαιρετίζουν την άφιξή μου.

laient sa boîte de bois carrée — les autres étaient ronds, et de ce fait suspects de parenté avec le camembert —, ainsi que son étiquette tout à fait rustique d'une intense couleur noir et rouge. Je lus : *Pont-l'évêque.* « Pont de l'Évêque » — amusant, comme nom.

À mon retour dans ma chambre tiède j'étais gelé jusqu'à la moelle, mais j'avais encore plus faim que froid. Je dépliai l'emballage ; mon petit fromage avait une couleur agréable, tournant sur l'orange, pâlissant çà et là jusqu'au blanc. Il avait l'air ferme. Cela me plut : ce serait quelque chose comme notre *kasséri.* De fait à l'intérieur il était de couleur jaunâtre, mais pas aussi compact que j'aurais aimé. Je portai la première bouchée à mes lèvres.

Pourquoi avons-nous des dizaines de mots pour les couleurs, et pas pour les goûts et les parfums, mystère. Pour décrire les saveurs, il nous faut en évoquer d'autres que nous connaissons déjà. Mais ce que moi j'éprouvai à ce moment était sans précédent. Je n'avais pas en mémoire de saveurs analogues auxquelles me référer. C'était un plaisir immense, qui monta droit de la bouche au cerveau et envahit le corps entier. Distancée, la *galatopita,* le flan du Carnaval, distancé le robuste *révani* de l'ouest de la Grèce — qui n'a rien à voir avec son homonyme trompeur, le sirupeux gâteau d'Athènes. Il y avait aussi un petit côté croquant, qui rappelait le *pastéli*[2] ; comment ce fromage moelleux l'avait-il attrapé ce jour-là, je ne sais. Sans doute avait-il cristallisé sous l'effet du froid — car les flocons persistaient infatigablement à fêter mon arrivée.

2. Friandise au sésame.

Ήταν εμπειρία πρωτογενής και συγκλονιστική, από αυτές που δεν ξεχνιούνται, όπως ο πρώτος οργασμός. Δεν με ενδιέφερε πια που ο Μπέικον δεν ήταν ο δικός μου και που έπρεπε να αγοράσω μπότες, η Γαλλία μου πρόσφερε κάτι έξω από τον κόσμο της επιστήμης και της πολιτικής όπου ήμουν έγκλειστος. Μέσα στο φρικτό κρύο, στον χειμώνα, στη στέρηση, στη μοναξιά, υπήρχε κάτι να απολαύσω. Κάτι που με καθησύχασε πως δεν θα είχα την τύχη του Βάκωνα.

Έκτοτε απέκτησα με όλα τα τυριά του κόσμου ερωτικό δεσμό, με το περιφρονημένο καμαμπέρ πρώτο πρώτο, που διαρκεί ακόμα. Στα γεφύρια, θυμάμαι την πρώτη μου φορά, και όπου το βρω το pont-l'évêque αναζητώ τα χρώματα, την υφή, τη γεύση που είχα νιώσει τότε. Αλλά δεν τα βρίσκω. Ίσως οφείλονταν στο χιόνι, στην παριζιάνικη παγωνιά. Τούτες τις ημέρες που έχουμε βαρύ χειμώνα και οικονομική κρίση, μπορεί να ξαναπροσπαθήσω. Αρκεί να είναι φτηνό, όπως τότε.

C'était une expérience primitive, bouleversante, de celles qui ne s'oublient pas, comme le premier orgasme. Ce Bacon qui n'était pas le mien, ces bottes qu'il fallait que j'achète, tout cela m'était devenu indifférent. Par-delà l'univers de la science et de la politique où j'étais enfermé, la France m'offrait quelque chose. Au sein du froid terrible, de l'hiver, de la privation, de la solitude, il y avait quelque chose à quoi prendre plaisir. Quelque chose qui me rassura : le sort de Bacon ne serait pas le mien.

Depuis lors j'entretiens avec tous les fromages du monde, à commencer par le camembert dédaigné, un rapport amoureux qui ne se dément pas. Je ne traverse jamais un pont sans me rappeler ma première fois, et à chaque rencontre avec le pont-l'évêque je cherche les couleurs, la consistance, le goût qui me furent donnés ce jour-là. Sans jamais les retrouver. Peut-être avaient-ils partie liée avec la neige, avec le grand froid de Paris. Ici aussi, en ce moment, l'hiver est rude et les finances en crise. Je vais peut-être essayer à nouveau. Le tout est que ce soit bon marché, comme alors.

Γιατί τα αυγά είναι σημαντικότερα από τα περιοδικά

Πρέπει να ήταν το 1952 και εγώ 4 χρονών, δεν πήγαινα ακόμη στο Δημοτικό, έτσι μου φαίνεται. Μέναμε τότε στο σπίτι «του Μάρτη», ισόγειο στρωμένο με μεγάλα πλακάκια καφετιά και άσπρα, με την πίσω αυλή να καταλήγει σε μικρό περιβόλι-ζούγκλα από ξινόδεντρα και χόρτα θυμάμαι, που διασχίζοντάς την και περνώντας από τρύπα στον φράχτη μπορούσα να βρίσκομαι στο σπίτι του νονού μου, μέλους της φιλοξενούμενης παροικίας των δημοσίων υπαλλήλων και αυτός, ελπίζοντας σε κέρασμα σουτζουκιού, καρυδιού βουτηγμένου σε μουσταλευριά, που τα είχε κρεμασμένα από τον τοίχο η νονά μου. Το άλλο χαρακτηριστικό της αυλής μας ήσαν κάτι πήλινα ποτήρια που περιφέρονταν μισοσπασμένα εδώ και εκεί, κατάλοιπα των άκαρπων προσπαθειών του Ντίνου Ψυχογιού να κατασκευάσει βολταϊκά στοιχεία που θα τροφοδοτούσαν με ηλεκτρισμό το ραδιόφωνό μας, ώστε να απαλλαγεί από το κόστος αγοράς των πανάκριβων, τότε, μπαταριών. Ραδιόφωνα να λειτουργούν με ηλε-

Pourquoi les œufs comptent plus que les revues

Ce devait être en 1952, l'année de mes quatre ans, je n'allais pas encore à l'école il me semble. Nous habitions alors « chez Martis », un rez-de-chaussée dallé de grands carreaux marron et blanc. Sa cour arrière se terminait en petit jardin, une vraie jungle d'agrumes et de plantes folles je me souviens, au bout de laquelle un trou dans la haie me permettait de pénétrer chez mon parrain, membre lui aussi[3] de l'accueillante colonie des employés de l'État, avec l'espoir de me faire offrir un peu de *soutzouki*[4] aux noix et au moût, que ma marraine conservait suspendu au mur. L'autre caractéristique de notre cour, c'étaient des gobelets de terre cuite à demi cassés qui traînaient çà et là, vestiges des vaines tentatives de Dinos Psychoyos pour fabriquer des piles voltaïques capables d'alimenter notre radio en électricité, et de nous éviter l'achat des batteries, hors de prix à l'époque. Des radios fonctionnant à partir d'un réseau électrique nous n'avions pas

---

3. Comme le père du narrateur, Dinos Psychoyos.
4. Il existe diverses sortes de *soutzouki.* Ici il s'agit d'une friandise allongée en forme de saucisse.

κτρικό από δίκτυο δεν τα ξέραμε, άλλωστε τα Λεχαινά τότε είχαν ρεύμα μόνο λίγες ώρες το βράδυ.

Το σπίτι μας ήταν κοντά στο Γυμνάσιο, εκείνο το δίπατο νεοκλασικό με την πετροχτισμένη καγκελόφραχτη μάντρα που τη στόλιζαν πικροδάφνες, με τον φοίνικα δίπλα στην πύλη της και τον ανάγλυφο γύψινο χάρτη της Κύπρου κάτω από τον φοίνικα. Ακριβώς απέναντι από την πύλη της εισόδου με τον φοίνικα, στην αριστερή γωνία του δρόμου που βγάζει από το Γυμνάσιο στην Πλατεία, είχε ανοίξει μαγαζί, μικρό μπακάλικο ή ίσως ψιλικατζίδικο, ο Νικάκης. Θυμάμαι αμυδρά μόνο κάτι τσουβάλια με φακές και φασόλια –μπορεί όμως να είναι και κατοπινές αναμνήσεις από το μαγαζί του πατέρα του Μπίλη– και πεντακάθαρα κάτι μεγάλα γυάλινα βάζα που φιλοξενούσαν το αντικείμενο του πόθου μου: καραμέλες. Χύμα φυσικά, άλλες τυλιγμένες σε χαρτιά και άλλες ολόγυμνες, οι κλασικές «του αστακού» με το σκληρό περίβλημα και τη μαλακή γέμιση, και κάτι κόκκινες και κίτρινες που έλιωναν σιγά σιγά στο στόμα και έστελναν παλμούς ηδονής σε όλο το σώμα. Της κανέλλας οι πρώτες, του λεμονιού οι δεύτερες, τετράγωνες σαν πλίθες, με κάτι ελάχιστες ανάγλυφες τελείες στις δύο όψεις τους.

Τις λάτρευα αυτές τις καραμέλες· ήσαν προσιτές, οι φθηνότερες και για τούτο οι δημοφιλέστερες, τις έβρισκες παντού, ακόμα και στα μπακάλικα του γειτονικού Νιοχωριού των παππούδων και γιαγιάδων. Ήταν τόση

connaissance, d'ailleurs ces années-là Léchaina n'avait d'électricité que quelques heures le soir[5].

Notre maison se trouvait près du collège, bâtiment néoclassique à deux niveaux que signalaient son mur de clôture surmonté d'une grille et orné de lauriers-roses, son palmier à côté du portail, et la carte de Chypre, en plâtre et en relief, sous le palmier. Juste en face du portail au palmier, au coin gauche de la rue qui va du collège vers la Place, s'était ouverte une boutique, petite épicerie ou mercerie peut-être, tenue par Nikakis. Il m'en reste peu de chose en mémoire, un souvenir flou de sacs de fèves et de haricots — mais qui pourrait bien être plus tardif et venir du magasin du père de Billy — et un souvenir, lui, extrêmement net, de grands bocaux de verre qui hébergeaient l'objet de mon désir : des bonbons. En vrac bien sûr, les uns enveloppés de papier et d'autres tout nus, les classiques « homards » à croûte dure et fourrage mou, et d'autres rouges ou jaunes qui fondaient lentement dans la bouche en envoyant des vagues de plaisir dans tout le corps. Les premiers à la cannelle, les seconds au citron, quadrangulaires comme des briques, avec de tout petits points en relief sur leurs deux faces.

Je les adorais, ces bonbons. Ils étaient accessibles, c'étaient les moins chers et donc les plus populaires, on les trouvait partout, même dans les épiceries de Nio-

5. En 1952, la Grèce sort à peine de la terrible guerre civile qui à l'issue du conflit mondial a sévi entre 1946 et 1949, et qui a laissé le pays exsangue.

η ευτυχία μου όταν τις είχα στο στόμα ώστε αισθανόμουν ότι έπρεπε να ευχαριστήσω τον καλό Θεό για την ευεργεσία του. Έκανα λοιπόν σπονδές: πιπίλιζα για ώρα την καραμέλα, και όταν ένιωθα πως είχε συγκεντρωθεί αρκετός γλυκός χυμός, αντί να τον καταπίνω τον έφτυνα στο χώμα – κάτι είχα ακούσει στο σπίτι σε συζητήσεις του πατέρα με τη σοφή Γιάννα, τη μεγαλύτερη από τα αδέλφια που πήγαινε ήδη στην τρίτη δημοτικού, για σπονδές που έκαναν οι Αρχαίοι στα συμπόσια, χύνοντας λίγο από το κρασί του ποτηριού τους.

Τα σπανιότατα νομίσματα που έπεφταν στα χέρια μου, τα χάρτινα «κατοστάρικα» και «πεντακοσάρικα» (έγιναν ίσης αξίας κερμάτινες πεντάρες και δεκάρες λίγο μετά, όταν το χιλιάρικο αντιστοιχήθηκε με μία δραχμή) που είχε δημιουργήσει ο μεταπολεμικός πληθωρισμός γίνονταν καραμέλες στου Νικάκη. Μου φαίνεται ότι κάποιοι πλούσιοι αγόραζαν και ζηλευτές σοκολάτες σε μικρές πλάκες, αλλά δεν είμαι σίγουρος, μπορεί να είναι ανάμνηση μεταγενέστερη και αυτή.

Σπάνιο το χρήμα γιατί δεν περίσσευε ούτε του νονού ούτε του πατέρα και ο πόθος δεν εκπληρωνόταν συχνά. Πολλές ήταν οι δύσκολες οι ημέρες που έμενα να κοιτάζω με λιγούρα τις καραμέλες και να ζηλεύω άλλα παιδιά που τις αποκτούσαν – τα οποία δεν ήσαν αναγκαστικά πλουσιότερα από εμένα: τα έβλεπα να φέρνουν στον Νικάκη αυγά και να παίρνουν σε αντάλλαγμα καραμέλες. Ο,τι δεν μπορούσε να πετύχει η τσέπη του πατέρα τους, το κατάφερνε η αυλή της μητέρας, έστω

chori, le village voisin, celui des grands-parents. Tel était mon bonheur quand je les avais dans la bouche que j'éprouvais le besoin de remercier le bon Dieu de sa générosité. Ainsi donc je faisais des libations : je suçais le bonbon un grand moment, et quand je sentais que s'était amassée une quantité suffisante de liquide sucré, au lieu de l'avaler je le crachais sur le sol — j'avais un peu entendu mon père parler avec Yanna, ma plus grande sœur, la savante, qui était déjà au CE2, des libations qu'effectuaient les anciens Grecs au cours des banquets, en versant par terre un peu du vin de leur verre.

Les très rares pièces qui me tombaient entre les mains, les billets « de cent » et « de cinquante », création de l'inflation d'après-guerre (ils furent remplacés peu après par des pièces de même valeur, quand la drachme devint l'équivalent du billet de mille), se transformaient en bonbons de chez Nikakis. Il me semble que certains riches achetaient aussi un enviable chocolat en petites tablettes, mais je n'en suis pas sûr, peut-être est-ce là encore un souvenir postérieur.

L'argent était rare, car ni mon parrain ni mon père n'en avaient de reste, et le désir souvent inassouvi. Et nombreux les jours douloureux où je restais à regarder les bonbons, mangé de convoitise, et enviant d'autres enfants qui eux les achetaient — pas forcément plus riches que moi pourtant. Je les voyais apporter des œufs à Nikakis et emporter des bonbons en échange. Ce à quoi ne pouvait parvenir la poche de leur père, la basse-cour de la mère y pourvoyait, même à son corps

και παρά τη θέληση της ίδιας: κλεμμένα από το οικογενειακό κοτέτσι ήσαν συνήθως. Συχνά απορρίπτονταν γιατί δεν ήσαν παρά «φώλοι», τα πολυκαιρινά αυγά που οι μητέρες άφηναν στη φωλιά για να παρακινήσουν την κότα να γεννήσει εκεί, ή κλούβια που τα είχαν εντοπίσει καθυστερημένα τα παιδικά μάτια κάπου, εκεί που της μητέρας είχαν αποτύχει τότε που έπρεπε.

Εμείς όμως κότες δεν είχαμε· αιτία ήταν πως στο προηγούμενο σπίτι που μέναμε («του Τσαγρή») είχε εξολοθρεύσει όλο το κοτέτσι μας η πτώση πλίθινου τοίχου μετά από ισχυρή νεροποντή: ξυπνήσαμε το πρωί και τις βρήκαμε όλες σκοτωμένες, ψόφιες, ούτε να τις φάμε δεν μπορούσαμε. Μετά από αυτή την καταστροφή, το ζωικό κεφάλαιο της οικογένειας καθυστέρησε να αποκατασταθεί.

Δεν είχαμε, λοιπόν κότες και αυγά· στην αυλή κυκλοφορούσαν μόνο εκείνα τα πήλινα κουρούπια του πατέρα μου που απέτυχαν να γίνουν μπαταρία – αλλά το σπίτι μέσα ήταν γεμάτο *Ηλειακά*, το «τριμηνιαίο περιοδικό λαογραφικής-ιστορικής και γλωσσικής έρευνας της Ηλείας» που εξέδιδε ο πατέρας μου. Το έγραφε σχεδόν όλο ο ίδιος, με διάφορα ψευδώνυμα – τα παιδιά τον ενισχύαμε στη φάση της ταχυδρόμησης στους

défendant : c'étaient en général des œufs détournés du poulailler familial. Souvent ils essuyaient un refus, parce que c'étaient juste des « nichets », de vieux œufs que la mère laissait dans le nid pour inciter les poules à pondre à cet endroit, ou des œufs pourris que les yeux enfantins avaient repérés sur le tard, dans un endroit où ceux de la mère n'avaient rien vu au moment requis.

Mais nous, des poules, nous n'en avions pas. La raison en était que dans notre précédente maison (« chez Tsangris »), un jour de pluie diluvienne, notre poulailler avait été anéanti par la chute d'un mur de torchis : le matin au réveil nous trouvâmes toutes nos poules tuées, crevées. Même pas moyen de les manger. Après cette catastrophe le capital animal de la famille mit du temps à se reconstituer.

Donc chez nous pas de poules ni d'œufs. Seuls circulaient dans la cour ces débris de poterie de mon père qui avaient échoué à devenir batterie — mais l'intérieur de la maison était plein d'*Iliaka,* la « Revue trimestrielle d'étude laographique[6], historique et linguistique d'Élide » que mon père éditait. Il l'écrivait presque entièrement lui-même, sous divers pseudonymes — nous les enfants nous lui prêtions main-forte dans la phase finale, celle de l'acheminement aux abonnés : il

6. Le terme « laographie » fut forgé en 1884 par l'ethnographe Nikolaos Politis (1852-1921), pour désigner la science qu'il appelait de ses vœux et qui étudierait « les monuments de la vie et de la langue du peuple grec » — le mot « laos » signifiant « peuple ».

συνδρομητές του τεύχους: αυτός έγραφε τα ονόματα σε κάτι λωρίδες καφετί χαρτί, εμείς διπλώναμε τα περιοδικά στα δύο κατά μήκος, τα τυλίγαμε με τη λωρίδα και μετά κολλάγαμε τις δύο άκρες της, φροντίζοντας να αγκαλιάζει σφιχτά το περιοδικό ώστε να μη φύγει η λωρίδα στο ταχυδρομείο. Είχαμε αλυσίδα παραγωγής, καθένας συμμετείχε ανάλογα με την ηλικία του και τις δυνατότητές του: οι μεγαλύτεροι αναλάμβαναν το περιτύλιγμα και το κόλλημα που ήταν το δυσκολότερο, οι μικρότεροι φέρναμε τα φρεσκοτυπωμένα περιοδικά από τις ντάνες στο τραπέζι, τα τσακίζαμε στη μέση και μετά που ήσαν έτοιμα τα ποστιάζαμε. Φαντάζομαι πως ήταν μεγάλη η χαρά και η ικανοποίησή του να έχει 12 παιδικά χέρια να τον βοηθούν· δεν το ξέραμε τότε, δεν ήταν πολύ εκδηλωτικός ο πατεράκης. Σαράντα ένα τεύχη, 1.300 πυκνοτυπωμένες σελίδες γέμισε στα 30 χρόνια που αφιέρωσε στα *Ηλειακά* του.

Αφού λοιπόν περιοδικά είχαμε, περιοδικά θα πήγαινα και εγώ στον Νικάκη να τα ανταλλάξω με καραμέλες της κανέλας και του λεμονιού. Δεν ρώτησα, έκλεψα ένα τεύχος όπως οι συμμαθητές μου έκλεβαν αυγά, το έβαλα διπλωμένο κάτω από τη μασχάλη να μην φαίνεται – τα θυμάμαι πολύ καλά όλα αυτά.

Όπως θυμάμαι ότι ψιλόβρεχε εκείνη τη χειμωνιάτικη ημέρα και ότι είχε εξώφυλλο μπλε χρώμα το τεύχος που παρέδωσα. Το κοίταξε ξαφνιασμένος και ίσως φοβισμένος: «*Το έφερες για να το αγοράσω;*» με ρώτησε. «*Το έχω πάρει*», πρόσθεσε βιαστικά, φοβούμενος μάλλον

écrivait les noms sur des bandes de papier marron ; nous, nous avions à plier les revues en deux dans le sens de la hauteur, à mettre la bande autour et à coller ensemble ses deux extrémités, en la serrant étroitement autour de la revue pour qu'elle reste en place durant le transport. Nous étions organisés en chaîne de production, chacun participant à raison de son âge et de ses capacités : les plus grands se chargeaient du plus difficile, mettre la bande et la coller ; nous, les plus petits, nous prenions sur les piles les revues fraîchement imprimées pour les porter sur la table, nous les pliions en deux, et en bout de course quand elles étaient prêtes nous allions les poster. J'imagine que pour père c'était une grande joie, une satisfaction profonde d'avoir pour l'aider douze mains d'enfant. À l'époque nous ne le savions pas, ce n'était pas quelqu'un de très démonstratif. Au terme des trente ans qu'il voua à son *Iliaka* il avait atteint le chiffre de quarante et une livraisons — 1 300 pages écrites petit.

Donc puisque des revues nous avions, moi j'apporterais des revues à Nikakis pour les échanger contre des bonbons à la cannelle et au citron. Je ne demandai pas, je fis comme mes camarades qui chipaient des œufs, je chipai un exemplaire, je le mis plié sous mon aisselle pour qu'on ne le voie pas — je me rappelle tout cela très bien.

Tout comme je me rappelle le crachin de ce jour d'hiver, et la couverture bleue du numéro que je tendis à Nikakis. Il eut un regard étonné et peut-être effrayé. « Tu l'apportes pour que je l'achète ? », me demanda-t-il. « Je l'ai déjà acheté », ajouta-t-il précipitam-

πως με είχε στείλει ο πατέρας μου ως πλασιέ να του το πουλήσω ή να τον γράψω συνδρομητή. «*Όχι, το έφερα να μου δώσεις καραμέλες, όπως δίνεις στους άλλους που σου φέρνουνε αυγά*».

Γέλασε ο Νικάκης – και επειδή ανακουφίστηκε και επειδή του φάνηκε αστείο, υποθέτω· «*και τι να τα κάνω εγώ τα Ηλειακά, Δημητράκη; Δεν πουλιούνται όπως τα αυγά. Δεν κοιτάς μήπως μπορείς να βρεις απ' αυτά;*» μου είπε και μου επέστρεψε το περιοδικό.

Παρέλαβα το τεύχος, το έβαλα ξανά κάτω από τη μασχάλη και το πανωφόρι, γύρισα σπίτι, βρεγμένη γάτα, ντροπιασμένος που τα προϊόντα του οίκου μας ήσαν κατώτερα από τα προϊόντα των άλλων οικογενειών, δεν ήσαν άξια να ικανοποιήσουν τη σφοδρή επιθυμία μου για γλυκές καραμέλες. Και γεμάτος ερωτηματικά· μου ήταν ακατανόητο αυτό που είχε συμβεί. Ήξερα, είχα ακούσει, είχα καταλάβει –πίστευα τέλος πάντων– ότι αυτό που έφτιαχνε ο πατέρας μας ήταν σπουδαιότερο από τα αυγά. Μήπως είχα λάθος;

Μου φαίνεται πως η κλασική διαδικασία απόρριψης του πατέρα, αποδόμησής του, δολοφονίας του ή όπως αλλιώς το λένε αυτό ψυχολόγοι και ψυχαναλυτές, άρχισε για μένα εκείνη τη στιγμή, κάπως νωρίτερα από όσο έπρεπε. Βοηθούσαν και τα παράπονα της μητέρας μου που όσο και αν αγαπούσε τον Ντίνο της και εκτιμούσε τη δόξα που προσπόριζαν στην οικογένεια τα *Ηλειακά*, θα προτιμούσε να είχε άλλες ασχολίες, περισσότερο προσοδοφόρες – κυρίως όμως να έχει περισσότερο χρόνο για

ment, craignant sans doute que mon père m'ait envoyé comme représentant pour le lui vendre ou pour lui refiler un abonnement. « Non, c'est pour que tu me donnes des bonbons, comme tu donnes aux autres qui t'apportent des œufs. »

Nikakis rit — à la fois parce qu'il était soulagé et parce qu'il trouvait cela drôle, je suppose ; « Et moi qu'est-ce que je peux faire des *Iliaka,* Dimitrakis ? Ça ne se vend pas comme les œufs. Tu ne peux pas t'arranger pour trouver des œufs, plutôt ? », me dit-il en me rendant la revue.

Je repris la brochure, je la remis sous mon aisselle et sous mon manteau, et je rentrai à la maison comme un chat trempé, mortifié à l'idée que les produits de notre maison ne valaient pas ceux des autres familles, qu'ils échouaient à satisfaire mon intense désir de délicieux petits bonbons. Et la tête pleine de points d'interrogation ; ce qui était arrivé dépassait mon entendement. Je savais, j'avais entendu dire, j'avais compris — enfin je croyais ! — que ce que confectionnait mon père était plus important que les œufs. Et si je m'étais trompé ?

C'est à ce moment, me semble-t-il, que débuta chez moi le phénomène classique, rejet, déconstruction, meurtre du père — que psychologues et psychanalystes lui donnent le nom qu'ils voudront. Un peu plus tôt qu'il n'est de règle. Remise en cause qu'alimentaient les plaintes de ma mère, qui, bien qu'elle aimât son Dinos et sût apprécier la notoriété que les *Iliaka* conféraient à la famille, aurait préféré qu'il eût d'autres occupations, plus rémunératrices — mais surtout qu'il prît plus de

τα παιδιά του και για αυτήν. Αλλά αφού αυτή ήταν η μανία του, τι να κάνει; Ήταν υποχρεωμένη να την αποδεχθεί, όπως ήμασταν και τα παιδιά υποχρεωμένα να συμβιβαστούμε και να αποδεχόμαστε ως ισότιμα με τις καραμέλες ή άλλα αγαθά που εκτιμούσαμε, τις επισκέψεις λογίων και καθηγητών, που έρχονταν, μερικές φορές από μέρη τόσο μακρινά όσο η Γαλλία και η Αμερική, να συγκεντρώσουν στοιχεία για να γράψουν τα σπουδαία βιβλία τους, και δεν παρέλειπαν να ζητήσουν τη βοήθεια του τοπικού λόγιου, του πατέρα μας. Όλα κυλούσαν προς όφελος της επιστήμης αλλά εις βάρος του οικογενειακού μας προϋπολογισμού· διότι ενίοτε έπρεπε και να τους τραπεζώνουμε με τρόπο αντάξιο της σπουδαιότητάς τους. Και βεβαίως, τα ίδια τα *Ηλειακά*, κάθε άλλο παρά κερδοφόρα επιχείρηση ήταν.

Μερικοί από τους επισκέπτες αποδείχθηκαν πολύ περισσότερο σημαντικοί στη ζωή μου από όσο μπορούσα να φανταστώ τότε. Σχεδόν δύο δεκαετίες μετά, όταν θα πήγαινα στη Γαλλία για σπουδές, ο πατέρας μου μού έδωσε ένα μπουκάλι ούζο και τους χαιρετισμούς του, να τα μεταφέρω στον καθηγητή Πωλ Λεμέρλ, διάσημο βυζαντινολόγο αλλά άγνωστο εντελώς σε μένα ακόμη και ως όνομα, πού να τον θυμάμαι ως τραπεζωμένο επισκέπτη. Προτίμησα να καταναλώσω το ούζο με φίλους στο Παρίσι. Ήταν εξαιρετικό, εκτιμήσαμε την επιλογή του όλοι οι συμπότες. Στον Ντίνο Ψυχογιό ανέφερα ότι παρά τα τηλεφωνήματά μου στον Λεμέρλ δεν τον βρήκα, πρέπει να έλειπε εκείνη την εποχή.

temps pour ses enfants et pour elle. Mais puisque telle était sa manie, que faire ? Elle était forcée de l'accepter, de même que nous les enfants étions forcés de faire des concessions et d'admettre comme ayant valeur égale à celle des bonbons et autres biens dont nous faisions cas, les visites de savants et de professeurs qui venaient, parfois de pays aussi lointains que la France ou l'Amérique, rassembler des éléments pour écrire leurs grands ouvrages, et qui ne se faisaient pas faute de demander son aide à l'érudit local, mon père. Au grand bénéfice de la science, mais au détriment de notre budget familial ; car il fallait souvent que nous les accueillions à notre table de la façon que requérait leur importance. Et bien sûr les *Iliaka* elles-mêmes étaient tout sauf une entreprise rentable.

Certains des visiteurs se révélèrent beaucoup plus importants dans la suite de ma vie que je ne pouvais l'imaginer alors. Presque deux décennies plus tard, alors que j'allais partir à Paris pour mes études, mon père me donna une bouteille d'ouzo accompagnée de ses salutations, pour que je les porte au professeur Paul Lemerle, illustre byzantiniste, mais dont moi j'ignorais jusqu'au nom — comment m'en serais-je souvenu comme d'un de nos visiteurs-convives. Je préférai consommer l'ouzo avec des amis de Paris. Il était exceptionnel, tous les buveurs que nous étions louèrent hautement son choix. À Dinos Psychoyos je déclarai que malgré mes coups de fil j'avais échoué à prendre contact avec Lemerle ; sans doute avait-il été absent tout ce temps-là.

Δύο χρόνια μετά, αναγκάστηκα να ζητήσω πολιτικό άσυλο στη Γαλλία· είχα τα «τυπικά προσόντα», δικτατορία είχαμε και διωκόμουν, αλλά προηγούμενες περιπτώσεις είχαν δείξει ότι χρειαζόταν και έξωθεν υποστήριξη στο αίτημά μου, χρειαζόταν μέσον δηλαδή για να εξασφαλιστεί ότι δεν θα με απελάσουν, και μου σύστησαν να καταφύγω στον άνθρωπο που είχε βοηθήσει και άλλους συμπατριώτες να τα βγάλουν πέρα, τον μακαρίτη καθηγητή Νίκο Σβορώνο. Πρόσφυγας και αυτός στη Γαλλία παλαιότερης σοδειάς, από την εποχή του εμφύλιου, διακεκριμένος ιστορικός, μέλος του ΚΚΕ (εσωτερικού) αλλά με άριστες σχέσεις με το PCF, το ΚΚ Γαλλίας – για τούτο μπορούσε να βοηθάει, έλεγαν οι φήμες. Δεν τον γνώριζα, ανέλαβε η φίλη ιστορικός Ματούλα Κουρουπού να του μιλήσει για μένα, έκλεισε ραντεβού, συναντηθήκαμε και οι τρεις, συζητήσαμε, υποσχέθηκε να με βοηθήσει, και ας είχε πολλές ενστάσεις και για τις πολιτικές μου απόψεις και για τις

Deux ans plus tard, je fus contraint de demander l'asile politique en France. J'avais les « caractéristiques » requises — nous étions en dictature et j'étais recherché —, mais d'autres cas avant le mien avaient montré que ma demande avait besoin d'être étayée de l'extérieur, autrement dit que, pour être garanti contre tout risque d'expulsion, je devais être pistonné ; on me conseilla d'avoir recours à l'homme qui avait déjà aidé d'autres compatriotes à se tirer d'affaire, le professeur Nikos Svoronos[7], disparu depuis lors. Lui-même réfugié en France depuis l'arrivage précédent, celui des années de la guerre civile ; historien de grand renom, membre du KKE Es.[8] (du Parti communiste grec « intérieur »), mais entretenant d'excellentes relations avec le PCF, le Parti communiste français — c'était cela, disaient les rumeurs, qui lui donnait le moyen de nous aider. Je ne le connaissais pas ; une amie, l'historienne Matoula Kouroupou, se chargea de lui parler pour moi, convint d'un rendez-vous, nous nous rencontrâmes tous trois et discutâmes, il promit de m'aider, même s'il trouvait beaucoup à redire à mes idées politiques et à mes formes

7. Nikos (Nicolas) Svoronos (1911-1989), déchu de sa nationalité grecque en 1955 à cause de son action de résistant de gauche pendant la Seconde Guerre mondiale, reçut la nationalité française en 1961. Il devint en France une sommité des études byzantines. Il écrivit, entre autres ouvrages de référence, une *Histoire de la Grèce moderne* qui fait autorité.

8. Le Parti eurocommuniste de Grèce, né de l'éclatement du KKE, le Parti communiste de Grèce, en 1968. Parmi ses fondateurs, Léonidas Kyrkos, *cf.* plus loin p. 43.

πράξεις μου, όπως ήταν λογικό και φυσικό. Τελικά, μου δόθηκε πολιτικό άσυλο.

Τρεις δεκαετίες αργότερα βρεθήκαμε με τη Ματούλα και τον Γιώργο Κουρουπό, Αθηναίοι όλοι πια. Κάπως ήρθε η συζήτηση σε εκείνο το περιστατικό, της ανέφερα πόσο με είχε εντυπωσιάσει η ανεκτικότητα των ανθρώπων του PCF που δέχθηκαν να μεσολαβήσουν στις αρχές και ας ήμουν εγώ επικίνδυνος αριστεριστής και ο Σβορώνος του ΚΚΕ (εσ) – το PCF αναγνώριζε μόνο το επίσημο ΚΚΕ. Διότι πίστευα πως κάποιοι από το πανίσχυρο, την εποχή εκείνη, κόμμα ήσαν και στην περίπτωσή μου τα μέσα του Σβορώνου. Και μου είπε η φίλη «*σιγά μην πήγε στο PCF! Στον φίλο του τον Πωλ Λεμέρλ πήγε, τον διάσημο βυζαντινολόγο, που και αυτός είχε καλούς φίλους στο τάγμα των Ιησουιτών· έχουν πολύ μεγάλη δύναμη αυτοί στη Γαλλία*».

Μπορεί τα *Ηλειακά* να μη μου εξασφάλισαν τις καραμέλες που λιγουρευόμουνα, θέλω να πιστεύω όμως ότι ο Λεμέρλ αναγνώρισε το όνομα, θυμήθηκε τον παλιό φίλο και, αγνοώντας ότι του είχα στερήσει ένα μπουκάλι ούζο, υπήρξε θερμός στη συνηγορία του για μένα στα κατάλληλα ισχυρά πρόσωπα – τα *Ηλειακά* με γλίτωσαν από την απέλαση. Αλλά ο Ντίνος Ψυχογιός είχε πεθάνει και δεν μπορούσα να του το πω, να νιώσει περήφανος.

d'action, ce qui était logique et naturel. Et finalement l'asile politique me fut accordé.

Trois décennies plus tard nous nous retrouvâmes, Matoula, Yorgos Kouroupos et moi, tous Athéniens désormais. Cet épisode revint dans la conversation, et je dis à Matoula combien m'avait étonné la largeur d'esprit des gens du PCF, qui avaient accepté d'intercéder auprès des autorités bien que je fusse un dangereux gauchiste et Svoronos un membre du KKE Es. — le PCF reconnaissait exclusivement le KKE officiel. Car je croyais que, pour moi comme pour d'autres, c'était au sein du PCF, alors très puissant, que Svoronos s'était procuré du piston. Et mon amie me dit : « Penses-tu ! Il n'est pas du tout allé au PCF. C'est son ami Paul Lemerle qu'il est allé voir, le byzantiniste, qui était très proche des jésuites. En France les jésuites sont influents. »

Les *Iliaka* ne m'ont peut-être pas donné accès aux bonbons que je convoitais, mais je veux croire que Lemerle reconnut le nom, se rappela son ami de jadis, et, ignorant que je l'avais privé d'une bouteille d'ouzo, plaida ma cause avec chaleur auprès des puissants personnages qu'il fallait — les *Iliaka* me sauvèrent de l'expulsion. Mais Dinos Psychoyos était mort et je ne pouvais pas le lui dire, qu'il se sente fier.

Κουλούρα βαμμένη με αίμα

Όλοι οι Ψυχογιαίοι του Νιοχωριού (και είναι πολλοί, το μεγαλύτερο σόι) αντί για βασιλόπιτα κόβουν «κουλούρα» με νόμισμα – όχι όμως την παραμονή της Πρωτοχρονιάς αλλά την παραμονή των Χριστουγέννων. Μόνο αυτοί σε όλο το χωριό, έτσι τουλάχιστον υποστήριζε ο πατέρας μου που είχε πάθος με τις παλιές ιστορίες που αφορούσαν όχι μόνο το σόι αλλά και όλα τα χωριά των Λεχαινών και της Ηλείας. Σύμφωνα με τη θεωρία του, η κουλούρα των Χριστουγέννων είναι κτηνοτροφικό έθιμο, το έχουν οι Σαρακατσάνοι. Οι Ψυχογιαίοι ήσαν κτηνοτρόφοι που είχαν έρθει με το τσελιγκάτο τους από την Στερεά κατά το 1780 και από εκεί έφεραν το έθιμο. Η Πελοπόννησος είχε ερημώσει τότε από τις σφαγές

Couloura teintée de sang

Tous les Psychoyos de Niochori — ce qui représente pas mal de monde, car c'est la plus grande famille du pays —, fêtent le tournant de l'année, non pas autour d'une *vassilopita,* mais autour d'une *couloura*[9] cachant une pièce de monnaie, et non pas le soir de la Saint-Sylvestre, mais le soir de Noël. Eux, et personne d'autre dans tout le village. C'est du moins ce que soutenait mon père, qui avait une passion pour les histoires touchant le passé de la famille et, par-delà, celui de tous les villages de Léchaina et d'Élide. Selon sa théorie, la couronne de Noël était une coutume de bergers, qu'on trouve chez les Saracatsans[10]. Les Psychoyos, disait-il, étaient des éleveurs de Grèce continentale qui étaient arrivés ici

9. La *vassilopita* est l'équivalent de la galette des Rois ; la *couloura* est un pain en couronne.

10. Peuple d'éleveurs nomades de Grèce continentale, qui faisaient transhumer entre montagne et plaine leurs troupeaux de moutons.

και καταστροφές που ακολούθησαν τα «Ορλωφικά», υπήρχαν λιβάδια και καλλιεργήσιμη γη σε αφθονία.

Δεκαετίες αργότερα, την επιβεβαίωσε εμμέσως και ο Χαρίλαος Φλωράκης τη θεωρία του πατέρα μου. Ήταν το 1989, μόλις είχε συσταθεί ο Συνασπισμός ΚΚΕ-ΕΑΡ· στην πρώτη εκδήλωση που έγινε με σύστησε ο Λεωνίδας Κύρκος στον Φλωράκη: «*Δημήτρης Ψυχογιός, μπλα μπλα μπλα, τον έχεις ακουστά φαντάζομαι*». Ο Φλωράκης απάντησε με απορριπτικό ύφος «*κάτι έχω ακούσει, αλλά τόσοι πολλοί που έχουμε μαζευτεί*

avec leur clan[11] autour de 1780 et avaient apporté cette coutume avec eux. En cette période les massacres et les destructions consécutives à l'épisode Orlov[12] avaient dépeuplé le Péloponnèse ; prairies et terre cultivable s'y offraient en abondance.

Des décennies plus tard la théorie de mon père reçut le soutien indirect, en 1989, de Harilaos Florakis[13]. La Coalition de la Gauche et du Progrès venait de se constituer. À la première manifestation qui s'ensuivit, Léonidas Kyrkos me présenta : « Dimitris Psychoyos, etc., etc., tu

11. Le clan, *tseligato,* est l'organisation, coopérative avant la lettre, qui régissait les populations traditionnelles d'éleveurs nomades : c'était une association de plusieurs lignages, qui élisaient parmi les chefs de famille leur chef commun, le *tseligas.* Celui-ci avait en charge la politique économique du groupe entier et sa comptabilité.
12. En 1768, sous le règne de Catherine II, l'ambitieuse Russie entra en guerre contre l'Empire ottoman affaibli. Désireuse d'installer sa flotte en Méditerranée et de s'assurer une aide sur place, elle suscita en Grèce, en particulier dans le Péloponnèse, un soulèvement contre le pouvoir ottoman. Les frères Orlov, qui avaient de longue date préparé l'insurrection, dirigèrent les opérations navales, pendant que les insurgés grecs opéraient sur terre. La tentative de « révolution » échoua, la flotte russe repartit, et pour la population du Péloponnèse les retombées de cette défaite furent effroyables.
13. Harilaos Florakis (1914-2005), avant d'être élu président de la Coalition de la Gauche et du Progrès (le Synaspismos) avait longtemps dirigé le KKE, le Parti communiste grec. Pendant l'occupation allemande, il joua à partir de 1943 un rôle de tout premier plan dans la résistance au sein de l'ELAS, l'Armée populaire de libération grecque.

εδώ...», και αμέσως με ρώτησε αν είμαι από τη Νισίστα της Άρτας. Η απόρριψη οφειλόταν στο ότι κάτι πρέπει να είχε ακούσει για τις αντικομουνιστικές απόψεις μου και η ερώτηση ήταν τρόπος να βρεθεί τουλάχιστον ένα άλλο σημείο επαφής, υπέθεσα – αλλά είχε ατυχήσει. Του είπα πως ήμουν «κάτω από το αυλάκι», είχα γεννηθεί στα Λεχαινά Ηλείας, αλλά η οικογένειά μου καταγόταν από γειτονικό χωριό, το Νιοχώρι. «*Πάντως όλοι οι Ψυχογιαίοι της Ρούμελης κατάγονται από τη Νισίστα*», γνωμοδότησε ο Φλωράκης. Πρέπει να είχε δίκιο: ως πολιτικός γνώριζε τα σόγια της περιοχής του, πολύ περισσότερο που κάποτε έπρεπε να στρατολογεί ένοπλους και όχι απλώς να μαζεύει ψήφους. Σήμερα η Νισίστα (ή Νησίστα) έχει μετονομαστεί σε «Ροδαυγή», στο πλαίσιο του εξελληνισμού των ονομάτων όλων των χωριών που επιβεβαιώνουν άθελά τους τον Φαλμεράιερ.

Πάντως, ανεξάρτητα από τις θεωρίες του πατέρα μου και του Φλωράκη, μπορεί να είναι και επτανησιακής καταγωγής οι Ψυχογιαίοι, γιατί απέναντι από την

as entendu parler de lui, j'imagine ». Florakis répondit en éludant : « Ça me dit quelque chose, mais on est tellement nombreux ici... » Et il me demanda aussitôt si j'étais de Nisista près d'Arta. Le ton coupant venait de ce qu'il avait sans doute eu vent de mes positions anticommunistes, et la question était une façon d'établir le contact sur un autre terrain, supposai-je — mais sur mes origines il se trompait. Je lui répondis que j'étais né « au-dessous du canal[14] », à Léchaina en Élide, mais que ma famille venait d'un village voisin, Niochori. « En tout cas les Psychoyos de Roumélie sont tous de Nisista », trancha Florakis. Il devait avoir raison. En tant qu'homme politique il connaissait les lignages de sa région, d'autant qu'au-delà de la simple conquête des suffrages il avait eu à recruter des combattants pour la lutte armée. Depuis lors Nisista a vu son nom hellénisé en « Rodavyi », comme tous les noms de lieu qui donnent innocemment raison à Fallmerayer[15].

Cela dit, indépendamment des théories de mon père et de Florakis, les Psychoyos peuvent venir aussi de l'Heptanèse, car en face de l'Élide se trouve Zante,

14. C'est-à-dire au sud du canal de Corinthe. L'expression est familièrement employée pour désigner les habitants du Péloponnèse.

15. L'historien autrichien Jakob Philipp Fallmerayer (1790-1861) avait soutenu que les Grecs d'aujourd'hui sont principalement d'origine slave et albanaise (*De l'origine des Grecs,* 1835). — Le nom Nisista est sans doute d'origine slave, comme beaucoup de toponymes grecs en -ista. La campagne d'« hellénisation » des toponymes, qui transforma Nisista en Rodavyi, eut lieu en 1962.

Ηλεία βρίσκεται η Ζάκυνθος και έχουν και εκεί το έθιμο της χριστουγεννιάτικης κουλούρας, έμαθα αργότερα. Εκεί η κουλούρα μοιάζει με γλύκισμα, έχει σταφίδες, κουκουνάρια, ζάχαρη, και πλήθος μπαχαρικά – υποθέτω κάπως σαν το ιταλικό εορταστικό ψωμί των ημερών, το πανετόνε, πρέπει να είναι. Η δική μας κουλούρα ήταν ψωμί ζυμωμένο στο σπίτι, το όνομά της το χρωστούσε στο σχήμα της, ήταν μεγάλο κουλούρι. Οι φούρνοι έφτιαχναν καθημερινά σε τέτοιο σχήμα ψωμιά εκείνη την εποχή μαζί με τις φραντζόλες και τα καρβέλια.

Αλλά η σπιτική χριστουγεννιάτικη κουλούρα ήταν επίσημο άσπρο ψωμί με ψιλοκοσκινισμένο αλεύρι, σαν αυτό που έφτιαχναν τα πρόσφορα, με λίγο άνηθο και φλούδες πορτοκαλιού για να μοσχοβολά, είχε μύγδαλα και καρύδια πάνω της – και κυρίως νόμισμα που θα έπεφτε στον τυχερό. Ουσιαστικά ήταν το ψωμί του νηστίσιμου δείπνου της παραμονής των Χριστουγέννων: η νηστεία τέλειωνε το πρωί της μεγάλης γιορτής με μετάληψη στην εκκλησία για τα παιδιά όσο ήσαν πολύ μικρά και τους άρεσε η ιδέα ότι θα αποκτήσουν «χρυσό δοντάκι» – τους άρεσε και η γλυκιά μαυροδάφνη, που έβαζε ο παπάς του Άι-Δημήτρη των Λεχαινών στη θεία κοινωνία.

Το επίσημο, πλούσιο χριστουγεννιάτικο γεύμα γινόταν ανήμερα το μεσημέρι. Και το πραγματικά καλό χριστουγεννιάτικο ψωμί –αφράτο, με πολλά μυρωδικά, περισσότερα καρύδια και μύγδαλα, σε σχήμα καρβελιού αλλά ψημένο σε φόρμα και όχι απευθείας πάνω στην πλάκα

où la coutume de la couronne de Noël existe pareillement, ai-je appris plus tard. Là-bas la *couloura* ressemble à un gâteau, avec raisins secs, pignons, sucre, et quantité d'épices ; ce doit être, je suppose, quelque chose comme le panettone, la brioche italienne des fêtes. Notre *couloura* à nous était un pain pétri à la maison ; il devait son nom à sa forme de large couronne. À l'époque les boulangers cuisaient tous les jours des pains en couronne en même temps que les baguettes et les pains ronds.

Mais chez nous la *couloura* de Noël était un pain blanc spécial de farine très fine, comme celle du pain bénit. On y mettait un peu d'aneth et des écorces d'orange pour qu'elle embaume, des amandes et des cerneaux de noix par-dessus. Et surtout on y dissimulait une pièce, qui échoirait au chanceux de la tablée. En fait c'était le pain du dîner de jeûne, la veille de Noël : le jeûne prenait fin le matin de la fête solennelle, avec communion à l'église pour les enfants ; moment qu'ils attendaient avec joie, parce qu'ils espéraient, tant qu'ils étaient petits bien sûr, qu'il leur pousserait une « petite dent en or », et parce qu'ils aimaient bien le vin doux de Mavrodafni, que le pope de Saint-Dimitris à Léchaina avait adopté comme vin de communion[16].

Le repas de Noël proprement dit, le festin, avait lieu le lendemain à midi. Et le vrai pain de fête — léger, plein d'aromates, avec encore plus de noix et d'amandes, une miche cette fois, mais cuite dans un moule et non pas

16. Dans la liturgie orthodoxe la communion se fait sous les deux espèces du pain et du vin.

του φούρνου, με σταυρό στη μέση και ανάγλυφα σκαλίσματα στην επιφάνειά του– ήταν το «Χριστόψωμο», που καταναλωνόταν στο επίσημο χριστουγεννιάτικο τραπέζι.

Δεν ήταν εντυπωσιακή η γεύση της κουλούρας, ήταν απλώς νόστιμο καλοψημένο ψωμί, όπως όλα τα ψωμιά που έφτιαχνε η μητέρα μου. Τη διαφορά έκαναν τα πεντανόστιμα καρύδια και αμύγδαλα πάνω της που είχαν καβουρδιστεί αφού είχαν ψηθεί μαζί της ολόκληρα, με τον φλοιό – και φυσικά την ακόμη μεγαλύτερη διαφορά την έκανε το νόμισμα, το «φλουρί». Τα νοστιμότερα σημεία της κουλούρας για μένα ήσαν εκεί που ακουμπούσαν τα αμύγδαλα ή τα καρύδια, αποκτούσε ειδική υφή και γεύση η βαθουλωμένη λόγω της παρουσίας τους κόρα του ψωμιού. Και το σημείο που βρισκόταν το νόμισμα, λίγο πρασινισμένο από την οξείδωσή του μετάλλου ήταν σπουδαίος κουλουρομεζές – αλλά αυτόν τον γευόταν μόνο ο τυχερός της βραδιάς.

Ως το 1954 δεν υπήρχαν κέρματα: λόγω του υψηλού μεταπολεμικού πληθωρισμού κυκλοφορούσαν μόνο χαρτονομίσματα. Στις ψυχογιαίικες κουλούρες και στις βασιλόπιτες των υπόλοιπων έμπαιναν κάτι προπολεμικά κέρματα χωρίς αξία, με την Αθηνά με περικεφαλαία πάνω τους. Το 1954, μετά την υποτίμηση του νομίσματος από τον Μαρκεζίνη και το «κόψιμο των μηδενικών», η δραχμή απέκτησε αξία γιατί 1.000 παλιές δραχμές αντιστοιχήθηκαν με 1 καινούργια, οπότε εμφανίστηκαν κέρματα – το πρόσωπο που είχε ενθουσιαστεί περισσότερο

directement sur la plaque du four, ornée d'une croix au centre et de motifs en relief — c'était le « pain du Christ », qui se consommait, lui, au repas officiel de la Nativité.

La saveur de la *couloura* en elle-même n'avait rien d'inhabituel. C'était juste un pain cuit à la perfection et qui avait du goût, comme tous les pains que confectionnait ma mère. Ce qui faisait la différence, c'était la saveur délectable des noix et des amandes, qui avaient grillé sur la pâte pendant la cuisson, entières, dans leur enveloppe. Et, bien sûr, ce qui plus encore faisait la différence, c'était la pièce, le « florin ». Pour moi les meilleurs endroits de la *couloura,* c'était ceux où appuyaient les amandes et les noix : à cause de leur présence la mie formait un creux, et prenait une texture et un goût particuliers. Et l'endroit où se trouvait la pièce, un peu verdi par l'oxydation du métal, était le petit extra du plaisir — mais le chanceux de la soirée était le seul à le savourer.

Jusqu'en 1954 il n'y avait pas de pièces : en raison de l'inflation galopante des années d'après-guerre les billets de banque étaient seuls en usage. La *couloura* des Psychoyos et les *vassilopita* des autres accueillaient des pièces d'avant-guerre démonétisées où figurait Athéna casquée. En 1954, après la dévaluation de la monnaie par Markézinis[17] et la « suppression des zéros », qui fit de la nouvelle drachme l'équivalent de mille anciennes, la drachme retrouva de la valeur. Les pièces reparurent.

17. Spyros Markézinis, ministre des Finances de l'époque.

με την αλλαγή ήταν η γιαγιά Γιαννούλα γιατί επιτέλους θα ξανακουγόταν ο ήχος γκλιν-γκλιν των κερμάτων στον δίσκο της εκκλησίας, ήταν εντελώς άχαρο να ρίχνεις σιωπηλά χαρτονομίσματα, μου είχε εξηγήσει.

Το πρώτο κέρμα με αξία μπήκε στην κουλούρα μας, λοιπόν, το 1954· ήταν τάληρο, πεντάδραχμο, σημαντικό ποσό για παιδί της πρώτης δημοτικού και μάλιστα στην επαρχία. Αντιστοιχούσε με 10 σοκολάτες ΙΟΝ, 25 καραμέλες ΝΑΣΚΟ, που ήσαν ακριβότερες καθότι μεγαλύτερες και νοστιμότερες, με 30-40 από τις κυλινδρικές «καραμέλες αστακού» με το σκληρό ζαχαρένιο περίβλημα και τη γέμιση που πρέπει να ήταν πραλίνα και με 50 τουλάχιστον από τις συνηθισμένες, τις τετράγωνες με γεύση κανέλας ή λεμονιού. Με αναρίθμητες καραμέλες «του φιλιού» ή «του βήχα», ροζ οι πρώτες με άρωμα τριαντάφυλλο και σε σχήμα ατράκτου· πράσινες με γεύση μέντας οι δεύτερες, σχεδόν στρογγυλές, σαν ζουλιγμένες σταγόνες. Με πέντε ολόκληρες λουρίδες, από άκρη σε άκρη του ταψιού, φρέσκο μαλακό παστέλι. Αναλογιζόμουν τη νύχτα στο κρεβάτι μου σε τι αναλογίες θα τα αγόραζα όλα αυτά την άλλη ημέρα, μετά τη μετάληψη – γιατί σε μένα είχε πέσει το τάληρο· το κρατούσα σφιχτά στην παλάμη μου και ονειρευόμουνα τις τσέπες μου γεμάτες σοκολάτες και καραμέλες, το στόμα μου μπουκωμένο με παστέλι.

Ξαφνικά, με έπιασε αγωνία: και αν έρχονταν οι καλικάντζαροι τη νύχτα και μου έπαιρναν το τάληρό μου; Γιατί είναι πασίγνωστο γεγονός ότι την παραμονή των

La plus enchantée par l'événement fut la grand-mère Yannoula : enfin on allait entendre à nouveau le *gling gling* des pièces sur le plateau de la messe, ça n'avait aucun charme d'y jeter des billets silencieux, m'avait-elle expliqué.

Ainsi en 1954 entra dans notre *couloura* la première pièce dotée de valeur. C'était un *taliro,* cinq drachmes, une somme pour un enfant du cours préparatoire, et de province en plus. C'était le prix de 10 chocolats ION ; de 25 bonbons NASKO, qui coûtaient plus cher que les autres parce qu'ils étaient plus gros et meilleurs ; de 30 ou 40 « bonbons homards » cylindriques à croûte dure en sucre, fourrés de quelque chose qui devait être de la praline ; d'au moins 50 des bonbons les plus courants, quadrangulaires, à la cannelle ou au citron ; d'innombrables bonbons « baisers », ou « pour la toux » — roses les premiers, parfumés à la rose et en forme de fuseau, verts à goût de menthe les seconds, presque ronds, comme les gouttes d'une distillation ; ou encore de 5 rubans entiers, aussi longs que le moule, de *pastéli* tendre frais. La nuit dans mon lit je calculais dans quelles proportions j'allais acheter tout cela le lendemain, après la communion, — car c'est moi qui avais trouvé la pièce ; je la gardais serrée dans ma paume et je sentais déjà mes poches lourdes de chocolats et de bonbons, ma bouche emplie de *pastéli.*

Mais soudain je fus pris d'angoisse : et si les lutins venaient pendant la nuit, s'ils me prenaient mon *taliro* ? Car comme chacun sait la veille de Noël les lutins

Χριστουγέννων οι καλικάντζαροι σταματάνε να πριονίζουν το δέντρο που κρατά τη γη, ανεβαίνουν πάνω σε μας και έως των Φώτων, που τους διώχνει ο αγιασμός, διαπράττουν πλήθος σκανταλιές και ανομίες: ξυλοκοπούν τους ανθρώπους, τους βάζουν τρικλοποδιές, ξεμαλλιάζουν τα κορίτσια, σπάνε αντικείμενα, κλέβουν λεφτά και κοσμήματα, μαγαρίζουν τα τρόφιμα – μεγάλη ευχαρίστηση βρίσκουν να κατουράνε στα δοχεία που έχουν νερό, για τούτο πρέπει να είναι προσεκτικά σκεπασμένα κανάτια, στάμνες, τενεκέδες και όσα σκεύη χρησιμοποιούνταν για τη φύλαξή του εκείνη την εποχή που δεν υπήρχε τρεχούμενο νερό στα σπίτια.

Αν έρχονταν οι καλικάντζαροι να μου πάρουν το τάληρο, τι θα έκανα; Πώς θα τους αντιμετώπιζα; Είχα ακούσει παιδιά να ισχυρίζονται πως είχαν παλέψει με καλικάντζαρους και τους είχαν νικήσει, αλλά ήσαν μεγαλύτερα, της πέμπτης και της έκτης δημοτικού, με νικούσαν και μένα. Ντουφέκια και σπαθιά δεν είχαμε σπίτι, είχα ακούσει πως τους διώχνουν τα σκόρδα, αλλά δεν ήξερα αν είχαμε και πού ήσαν τα σκόρδα. Μαχαίρι από την κουζίνα; Ήταν μακριά, έκανε κρύο, ήταν σκοτεινό το σπίτι, το ηλεκτρικό έκλεινε νωρίς – αν μου ρίχνονταν μέσα στο σκοτάδι που θα περπατούσα για να πάω στην κουζίνα;

Η αγωνία γινόταν πανικός, άκουγα κιόλας περίεργους θορύβους, είχαν έρθει οι καλικάντζαροι, κάτι έπρεπε οπωσδήποτε να κάνω, ήταν και ανοιχτή η πόρτα του παιδικού δωματίου μας για λόγους ασφάλειας, αν

cessent de scier l'arbre qui soutient la terre ; ils montent chez nous, et jusqu'au Jour des Rois où la Bénédiction les met en fuite, ils multiplient méfaits et polissonneries. Ils rouent les gens de coups, font des croche-pieds, tirent les cheveux des filles, cassent des objets, dérobent argent et bijoux, souillent la nourriture — leur grand plaisir est d'uriner dans les récipients qui contiennent de l'eau, c'est pourquoi il faut tenir soigneusement couverts cruches, jarres, bidons, tous ces ustensiles où on la mettait en réserve, du temps où les maisons n'avaient pas l'eau courante.

Et qu'est-ce que j'allais faire si les lutins venaient me prendre mon *taliro* ? Comment me défendre ? J'avais entendu des garçons dire qu'ils s'étaient battus avec des lutins et qu'ils avaient gagné, mais c'étaient des grands, de cinquième ou sixième année, contre moi aussi ils gagnaient. De fusils ou d'épées nous ne disposions pas à la maison. J'avais entendu dire que l'ail faisait fuir les lutins, mais à supposer que nous ayons eu de l'ail je ne savais pas où il était. Un couteau, dans la cuisine ? C'était loin, il faisait froid, la maison était dans le noir, l'électricité était coupée de bonne heure — et s'ils se jetaient sur moi dans le noir pendant que je serais en marche vers la cuisine ?

L'angoisse devenait panique. Je commençais à entendre des bruits bizarres. Ça y est, les lutins étaient là. Je devais absolument faire quelque chose. En plus la porte de notre chambre d'enfants était ouverte, par précaution, pour que maman nous entende s'il arrivait

γίνει κάτι να μας ακούσει η μανούλα, έπρεπε να την κλείσω να μη μπουν μέσα, φοβόμουν να σηκωθώ, παρέλυα, είχα δύναμη μόνο για να σφίγγω το τάληρο – και μου άστραψε η σκέψη ότι στον διάδρομο δίπλα ακριβώς στην ανοιχτή πόρτα του δωματίου βρισκόταν το λαβαμπό, το τραπεζάκι με τον καθρέφτη και τη λεκάνη που ξυριζόταν ο πατέρας μου. Και πάνω του τα ξυραφάκια, αυτό που χρειαζόμουνα.

Βρήκα το κουράγιο να σηκωθώ, να κάνω τα δύο βήματα ως την πόρτα, να βρω ψαχουλευτά ένα ξυραφάκι γυμνό, να κλείσω την πόρτα, να γυρίσω στο κρεβάτι μου. Έτρεμε το φυλλοκάρδι μου αλλά είχα γλιτώσει, έτσι ένιωθα. Κουλουριασμένος και σκεπασμένος ως το κεφάλι, η πόρτα κλειστή, στο ένα χέρι το τάληρο, στο άλλο το όπλο μου. Δεν άκουγα θορύβους πια, τρόμαξαν από το θάρρος μου και το ξυραφάκι του πατέρα οι καλικάντζαροι και έφυγαν· αποκοιμήθηκα.

Την άλλη ημέρα το πρωί, τα σεντόνια μου ήσαν βαμμένα στο αίμα. Η μάνα μου χτυπιόταν «*πώς δεν ξεμάτωσες να πεθάνεις!*», ο πατέρας μου κοιτούσε με απορία πότε εμένα και πότε το ματωμένο ξυραφάκι που κρατούσε στα χέρια του. Είχα καταφέρει να κόψω το πόδι μου τη νύχτα, το μέσα μέρος της δεξιάς γάμπας. Ακόμα το έχω το σημάδι, βαθειά χαρακιά κάτω ακριβώς από το γόνατο, πιάνει περιμετρικά το ένα τρίτο του ποδιού μου. Βρίσκεται λίγο πιο πάνω από την ουλή που μου άφησαν αργότερα τα σίδερα του τρένου, αλλά αυτό είναι άλλη ιστορία, με καρπούζια.

quoi que ce soit — il fallait que je la ferme pour qu'ils n'entrent pas. J'avais peur de me lever, j'étais paralysé, je n'avais de force que pour serrer mon *taliro* — soudain en un éclair me vint une pensée : dans le couloir, juste à côté de la porte ouverte, se trouvait le « lavabo », la petite table de toilette avec glace et cuvette où mon père se rasait. Et dessus les lames de rasoir — voilà ce qu'il me fallait.

Je trouvai le courage de me lever, de faire les deux pas du lit à la porte, de tâtonner jusqu'à rencontrer une lame de rasoir nue, de fermer la porte, de me remettre au lit. Je tremblais comme une feuille, mais j'étais hors de danger ; du moins c'est ce que je ressentais, roulé en boule et la tête sous les couvertures, porte fermée, le *taliro* dans une main, mon arme dans l'autre. Les bruits avaient cessé. Terrifiés par mon audace et par le rasoir de père, les lutins avaient pris la fuite. Je m'endormis.

Le lendemain matin, mes draps étaient trempés de sang. Ma mère était aux cent coups : « Un miracle que tu n'aies pas perdu tout ton sang. Pour un peu tu serais mort ! » Mon père regardait, incrédule, tantôt moi, tantôt la lame de rasoir ensanglantée qu'il tenait entre les mains. J'avais réussi à m'entailler la jambe pendant la nuit, la partie interne de la jambe droite. La marque est encore là, un sillon profond juste sous le genou, entourant un tiers de la jambe. Un peu au-dessus de la cicatrice que m'ont laissée plus tard les rails du chemin de fer, mais c'est là une autre histoire, avec des pastèques cette fois.

Ούτε τις σοκολάτες και τις καραμέλες που ονειρευόμουν γεύτηκα – μόνο μια λουρίδα παστέλι πρόλαβα να βάλω στο χρυσό δοντάκι μου αμέσως μετά τη λειτουργία. Μόλις τα μεγαλύτερα αγόρια, αυτά που είχαν νικήσει τους καλικάντζαρους στο πάλεμα, είδαν πως αγόρασα παστέλι και πήρα και ρέστα, με έπεισαν να παίξουμε στριφτό πίσω από το ιερό της εκκλησίας. Και έχασα.

Την κουλούρα, πάντως, εξακολουθούμε να την κόβουμε παραμονή Χριστουγέννων οι Ψυχογιαίοι, υποθέτω και οι Ζακυθινοί και οι Σαρακατσαναίοι.

Même les chocolats et les bonbons dont je rêvais m'échappèrent. Un ruban de *pastéli,* c'est tout ce dont je parvins à gratifier ma petite dent en or après la messe. Les grands de l'école, ceux qui avaient mis une raclée aux lutins, ayant remarqué que j'avais acheté du *pastéli* et que j'avais de l'argent de reste, me convainquirent de jouer à pile ou face derrière le chevet de l'église. Et je perdis.

Quant à la *couloura,* nous continuons à la partager la veille de Noël, nous les Psychoyos, de même que les habitants de Zante et les Saracatsans, je suppose.

Φλερτ με Santa Helena

«Το καλοκαίρι, μαζί πηγαίναμε στην αμμουδιά / χέρι με χέρι και μ' έν' αστέρι για συντροφιά», τραγουδούσε αυτοπροσώπως με ξενική προφορά και συνοδεία ορχήστρας ο Τόνυ Πινέλλι, Ιταλός τραγουδιστής που έκανε καριέρα στην Ελλάδα κατά τη δεκαετία του '60. Και εμείς χορεύαμε μπλουζ με αγκαλιά πολλά υποσχόμενη – αλλά και αγχωμένη, για μένα. Ήταν στο εστιατόριο του ξενοδοχείου «Ακροπόλ» στην Πατησίων, απέναντι από το Εθνικό Μουσείο· σήμερα, δεκαετίες μετά τον μεγάλο σεισμό των Αλκυονίδων του 1981 παραμένει ακόμη σε νάρθηκες που δεν μπορούν να το γιατρέψουν.

Δεν ήταν στέκι για φοιτητές το πολυτελές ξενοδοχείο, δεν ήταν νάιτ κλαμπ που την έβγαζες με ένα ποτό – ήταν πολυτελές εστιατόριο με κοστουμαρισμένα γκαρσόνια που φορούσαν λευκά σακάκια και μαύρα παπιγιόν, με λευκά τραπεζομάντηλα, επάργυρα μαχαιροπήρουνα, λουλούδια πάνω στο τραπέζι, κολωνάτα ποτήρια για νερό και κρασί. Εγώ θα προτιμούσα να

Flirt au santa-helena

« L'été nous allions ensemble au bord de l'eau, main dans la main, avec pour compagne une étoile », chantait avec son accent étranger Tony Pinelli en personne entouré de son orchestre — Tony Pinelli était un chanteur italien qui fit carrière en Grèce dans les années soixante. Et nous, nous dansions le blues dans une proximité tout à fait prometteuse — mais, pour moi, chargée d'angoisse. C'était au restaurant de l'hôtel Acropole, dans la rue Patissia, en face du Musée national. L'hôtel est toujours là, mais aujourd'hui, des décennies après le grand tremblement de terre des Alcyonides[18] en 1981, il reste bardé d'attelles qui n'arrivent pas à le guérir.

Ce n'était pas un endroit pour étudiants, ce grand hôtel. Pas un night-club où on s'en tire avec une consommation — ici c'était un restaurant chic avec des garçons en tenue, veste blanche et nœud papillon noir, avec nappes blanches, couverts en argent, fleurs sur la table, verres à pied, verre à eau, verre à vin. Moi j'au-

18. Il s'agit du golfe des Alcyonides, en face de Corinthe.

βρίσκομαι σε μπουάτ της Πλάκας, αλλά η Μαύρα, συμμαθήτρια στο Γαλλικό Ινστιτούτο όπου έκανα μία ακόμη αποτυχημένη προσπάθεια να μάθω τη γλώσσα της επερχόμενης επανάστασης, ήταν καλομαθημένη μοναχοκόρη και θαυμάστρια του Τόνυ Πινέλλι που τραγουδούσε εκεί. Και αφού εγώ ήθελα τη Μαύρα, έπρεπε να κάνω αυτό που ήθελε η Μαύρα.

Το άγχος μου ξεκίνησε όταν μας έφεραν τον κατάλογο: αμέσως μόλις τον κοίταξα κατάλαβα ότι οι τιμές ήσαν πέρα από το όριο των δυνατοτήτων μου, καίτοι ήμουν σχετικά πλούσιος για φοιτητής από τις υποτροφίες και τα ιδιαίτερα μαθήματα φυσικής και μαθηματικών. Έπρεπε να πληρώσω και για τους δυο μας φυσικά, αφού μάλιστα την είχα καλέσει εγώ· ήταν αυτονόητο εκείνη την εποχή που ο φεμινισμός δεν είχε ακόμη θριαμβεύσει.

Η Μαύρα διάλεξε την ακριβότερη σαλάτα και ψάρι «*τρώω ελαφρά τα βράδια*», μου ανακοίνωσε· τότε, για πρώτη φορά στη ζωή μου, παρατήρησα την τάση που έχουν τα ελαφριά πιάτα να είναι και ακριβά. Έκανα την πρόσθεση στο μυαλό μου, παρήγγειλα στην τύχη κάτι που η τιμή του ισορροπούσε με την τσέπη μου, έδωσα ανακουφισμένος τον κατάλογο στο γκαρσόνι που περίμενε. «*Και τι θα πιείτε;*» ρώτησε. Κοίταξα τη Μαύρα· «*Λευκό κρασί πάει με το ψάρι*», είπε αυτή. «*Φέρτε μας μισό κιλό και βλέπουμε*», είπα εγώ. Υπολόγιζα πως για αυτή την ποσότητα έφθαναν τα οικονομικά μου – πόσο να έκανε μισό κιλό κρασί; Δέκα-είκοσι δραχμές; Ήμουν

rais préféré une boîte de Plaka, mais Mavra, qui suivait avec moi les cours de l'Institut français où une fois de plus je m'efforçais en vain d'apprendre la langue de la Révolution-qui-vient — Mavra était une fille unique plutôt gâtée, et elle admirait Tony Pinelli, qui chantait ici. Et comme je voulais Mavra il fallait que je fasse ce que voulait Mavra.

Mon angoisse avait commencé avec l'arrivée du menu : du premier coup d'œil je vis que les prix étaient au-dessus de mes moyens, même si pour un étudiant j'étais relativement riche — grâce aux cours particuliers de physique et de maths que je donnais pour compléter ma bourse. Mavra était mon invitée, et bien sûr c'est moi qui allais payer les deux repas. Cela allait de soi, à une époque où le féminisme n'avait pas encore triomphé.

Mavra choisit la salade la plus chère et un poisson : « Le soir je mange léger », m'annonça-t-elle, et pour la première fois je notai cette tendance qu'ont les mets légers à être en même temps dispendieux. Je fis l'addition de tête et commandai le premier plat venu compatible avec l'équilibre de mon budget, puis, soulagé, rendis la carte au garçon qui attendait. « Et que boirez-vous ? » demanda-t-il. Je regardai Mavra. « Avec le poisson le vin blanc c'est bien », dit-elle. « Apportez-nous un demi-litre pour commencer », fis-je. Pour un demi-litre, calculais-je, mes finances devaient suffire — combien pouvait coûter un demi-litre de vin ? Dix, vingt drachmes ? C'était dans mes prix. « Nous

εντάξει. «*Δεν έχουμε χύμα, μόνο εμφιαλωμένα, θα τα βρείτε στο τέλος του καταλόγου*», με ενημέρωσε.

Αυτό δεν το περίμενα: τα εμφιαλωμένα κρασιά ήσαν σπάνια εκείνη την εποχή και αδιανόητα στα κουτούκια των Εξαρχείων όπου σύχναζαν οι φοιτητοπαρέες μας. Το μόνο μπουκάλι κρασί με το οποίο είχα κάποια τακτική επαφή ήταν η γλυκιά μαυροδάφνη που έφερνε ο πατέρας μου για τη μαγειρίτσα τη νύχτα της Ανάστασης. Το αυτονόητο ποτό στο σπίτι και στις εξόδους ήταν η χύμα ρετσίνα.

Ο κατάλογος μπροστά μου στο «Ακροπόλ» ήταν γεμάτος ονόματα, ξένα σχεδόν όλα. Το μόνο που αναγνώριζα ήταν το «demestica», της Αχάια-Κλάους. Ήταν και το φθηνότερο. Με πρόλαβε η Μαύρα: «*Εγώ προτιμώ το "Santa Helena", ο πατέρας μου λέει πως είναι σπουδαίο κρασί*». Το είδα στον κατάλογο και κόντεψα να μείνω: κόστιζε μερικές εκατοντάδες δραχμές, περισσότερο από τα φαγητά που είχαμε παραγγείλει. Δεν είχα να πληρώσω, ήταν σαφές. Κατά τα πρότυπα της «deferred gratification», ακολούθησα την αρχή της αναβολής του εξευτελισμού: συμφώνησα με ενθουσιασμό στην επιλογή της, ενώ αναρωτιόμουν απεγνωσμένα τι στο διάολο θα κάνω όταν έρθει η ώρα της πληρωμής.

Αστραποβολούσε το χρυσοκίτρινο κρασί μέσα στο λευκό μπουκάλι. Και παρά το ξενικό του όνομα ήταν ελληνικό, της Αχάια-Κλάους και αυτό, διαπίστωσα όταν

n'avons pas de vin au litre, seulement des vins en bouteille. Vous trouverez la liste à la fin de la carte », me fut-il répondu.

Je tombais des nues. Les vins en bouteille étaient rares à l'époque, et dans les bistrots d'Exarcheia où nous nous retrouvions entre étudiants on n'en avait même pas idée. La seule bouteille de vin avec laquelle j'avais une manière de contact régulier était le mavrodafni doux que mon père sortait pour la *magiritsa*[19] la nuit de la Résurrection. Autrement la boisson de règle, à la maison et pour les sorties, était le résiné tiré au tonneau.

Ici, à l'Acropole, la carte devant moi était couverte de noms, presque tous étrangers. Le seul d'entre eux qui me disait quelque chose était le demestica, de l'Achaia Clauss. En plus c'était le moins cher. Mais Mavra me prit de vitesse : « Je suis tentée par le santa-helena. Mon père dit que c'est un bon vin. » Je le repérai sur la carte et faillis tomber raide : il coûtait plusieurs centaines de drachmes. Plus que les plats commandés. C'était clair, j'étais hors d'état de payer. Sur le modèle de la *deferred gratification* j'optai pour l'humiliation différée : j'applaudis avec enthousiasme au choix de Mavra, tout en me demandant désespérément ce que diable j'allais pouvoir faire quand viendrait l'heure de l'addition.

Dans la bouteille translucide le vin jaune d'or étincelait. Et malgré l'air étranger de son nom il était grec,

---

19. Soupe de la Pâque grecque, qui marque la fin du jeûne. Le *mavrodafni* est un vin doux produit dans la région de Patras.

μου το έδειξε το γκαρσόνι. Έριξε λίγο κρασί στο ποτήρι μου και περίμενε από πάνω μου. Μου έκανε εντύπωση που δεν σέρβιρε πρώτα τη Μαύρα, διαισθάνθηκα πως κάτι έπρεπε να κάνω, αλλά δεν ήξερα τι. Στο άγχος που μου είχε δημιουργήσει η τιμή προστέθηκε η αγωνία της πιθανής ντροπιαστικής γκάφας. Αγνοώντας την αναμονή με παπιγιόν που ορθωνόταν δίπλα μου, έβγαλα το πακέτο να ανάψω τσιγάρο και κέρδισα χρόνο ψάχνοντας για τα σπίρτα στην τσέπη μου. Σηκώθηκα όρθιος με το τσιγάρο στο στόμα να ψάξω δήθεν και στις τσέπες του παντελονιού. Το γκαρσόνι άναψε το τσιγάρο μου με τον αναπτήρα του και με έσωσε ρωτώντας με «*Θα δοκιμάσετε το κρασί;*» – κατάλαβα. Κάθισα και έφερα το ποτήρι στα χείλη, ήταν δροσερό και αρωματικό, με λεπτή ευχάριστη γεύση, αλλά αυτά δεν με παρηγορούσαν για την εξωφρενική, για τα μέτρα μου, τιμή του. Κούνησα πάντως επιδοκιμαστικά το κεφάλι, το γκαρσόνι πήγε και γέμισε το ποτήρι της Μαύρας, ξαναγύρισε και απογέμισε το δικό μου. Είχα μάθει να συμμετέχω σε νέα τελετουργία.

Το άγχος της ώρας του λογαριασμού κατέστρεφε την απόλαυση του πολλά υποσχόμενου μπλουζ, του αρώματός της, της σωματικής επαφής. Κατέστρεφε και τη χαρά της δόνησης στον ρυθμό του «I Can't Get no Satisfaction», όταν ο Πινέλλι το τραγουδούσε με ιταλική προφορά – μου ταίριαζε απόλυτα το τραγούδι.

Ώσπου μου ήρθε η ιδέα: θα τηλεφωνούσα στον Βασίλη (σύντροφο στη «Δημοκρατική Άμυνα» και

de la maison Achaia Clauss lui aussi, constatai-je quand le garçon me le présenta. Il versa un peu de vin dans mon verre et attendit au-dessus de moi. Il n'avait pas commencé par Mavra, j'en fus surpris. Je devais faire quelque chose, je m'en doutais bien, seulement quoi, je ne savais pas. À l'anxiété liée au prix s'ajouta l'angoisse d'une probable bourde qui me couvrirait de honte. Ignorant l'attente en nœud papillon debout près de moi, je sortis une cigarette, et pour gagner du temps feignis de chercher mes allumettes dans la poche de ma veste. Puis je me mis debout, la cigarette à la bouche, pour fouiller aussi mes poches de pantalon. Le garçon alluma ma cigarette avec son briquet et me sauva en demandant : « Goûterez-vous le vin ? » — je compris. Je me rassis et portai le vin à mes lèvres. Il était frais et parfumé, avec un goût subtil, agréable — mais cela ne me consolait pas de son prix extravagant. En tout état de cause je fis un signe de tête approbateur, le garçon alla remplir le verre de Mavra, et revint vers moi pour remplir le mien. J'avais appris à jouer mon rôle au sein d'un rituel nouveau.

Mais à présent l'angoisse de l'addition réduisait à néant le plaisir du blues prometteur, du parfum que je respirais, du contact corporel. Et m'ôtait la joie de vibrer au rythme de la chanson *I Can't Get no Satisfaction* chantée par Pinelli avec un accent italien — chanson qui s'appliquait comme un gant à mon cas.

Jusqu'au moment où l'idée me vint : j'allais téléphoner à Vassilis. Un ami, qui était comme moi à « Défense

φίλο, φοιτητή στο Πολυτεχνείο, είχαμε γνωριστεί στο φροντιστήριο του Θρουμουλόπουλου) να μου φέρει δανεικά. Και αν δεν είχε ο ίδιος, κάπου θα έβρισκε. Αλλά θα ήταν σπίτι του τέτοια ώρα; Αν είχε βγει; Δεν υπήρχαν κινητά τότε, είπα πως πάω στην τουαλέτα και ανέβηκα στη ρεσεψιόν, τηλεφώνησα, ευτυχώς τον βρήκα, εξήγησα την κατάσταση. Μου είπε «*τι μαλάκας είσαι, πού πας και μπλέκεις*» και άλλα σχετικά. Μόλις τον είχαν πληρώσει για κάτι αντιγραφές σχεδίων και είχε λεφτά, θα ερχόταν να με σώσει.

Αισθάνθηκα γαλήνιος και ευτυχής, ξαναγύρισα και έθεσα σε λειτουργία την πολιορκητική μηχανή, εκτόξευα πυρωμένα βέλη πόθου, έλεγα σοφίες και ανέκδοτα, την αγκάλιαζα δυνατότερα και της χάιδευα τα μακριά μαύρα μαλλιά όταν χορεύαμε το «J'arrive», το «Michelle ma belle» ή τις σπεσιαλιτέ του Πινέλλι «Teresa» (μεταγλωττισμένο) και «Quando arrivera», βροντοχτυπούσα στην πίστα δυνατότερα και από την μπότα του συγκροτήματος που τον συνόδευε στο «It's My Life» και στο «19th Nervous Breakdown».

Από το «Santa Helena» έπινα μικρές γουλιές στα διαλείμματα, ώσπου εμφανίστηκε, τυχαία δήθεν

démocratique[20] ». Étudiant à Polytechnio. Nous nous étions connus au cours privé de Throumoulopoulos. Je lui demanderais de m'avancer l'argent et de me l'apporter ici. Et s'il n'en avait pas lui-même, il en trouverait quelque part. Mais serait-il chez lui à cette heure ? Et s'il était sorti ? Les portables n'existaient pas à l'époque, je prétextai un tour aux toilettes et montai téléphoner à la réception. Par chance il répondit. J'expliquai la situation. Il me dit « Faut vraiment être con pour se piéger comme ça ! » et tout ce qui se dit dans ces cas-là. On venait de le payer pour des reproductions de plans, il avait de l'argent, il allait venir à ma rescousse.

Un sentiment de sérénité, de bonheur, m'envahit. Je revins, et mis la machine de siège en action. Je décochais de brûlantes flèches de désir, répandais des flots de science et d'histoires drôles, je resserrais l'étreinte et caressais les longs cheveux noirs, tandis que nous dansions sur *J'arrive,* sur *Michelle, ma belle,* ou sur *Teresa* (transposé en grec) et *Quando arrivera,* les grands succès de Pinelli. Et pendant *It's My Life* ou *19th Nervous Breakdown,* je faisais tonner la piste plus fort que les bottes du groupe.

Du santa-helena je buvais de petites gorgées entre les danses, jusqu'au moment où Vassilis entra, soi-disant par

20. « Défense démocratique » (ΔΑ), un des plus importants mouvements de résistance aux colonels, qui se constitua fin mai 1967, un mois après l'instauration de la dictature. Il compta parmi ses membres, par exemple, Mélina Mercouri et le futur Premier ministre Kostas Simitis.

ο Βασίλης. Τους σύστησα, τη ρώτησε αν κατάγεται από τη Λευκάδα και αυτή έκπληκτη το επιβεβαίωσε, κάθισε στο τραπέζι μας, δήλωσε θεονήστικος, διάλεξε το ακριβότερο πιάτο, εξέφρασε τον θαυμασμό του για το κρασί, παράγγειλε άλλο ένα μπουκάλι, «*σήμερα πληρώνεις εσύ, Ψυχογιέ*», ανακοίνωσε. Δεν μπορούσα να έχω αντίρρηση, με είχε σώσει. Κάποια στιγμή μου πέρασε κρυφά δύο πεντακοσάρικα, ήμουν εξασφαλισμένος.

Συνεχίσαμε και οι τρεις έως την ώρα που έκλεινε πια το κλαμπ του «Ακροπόλ», η Μαύρα χόρευε πότε μαζί μου και πότε μαζί του στα μπλουζ και οι τρεις μαζί στα ζωηρά, οι δυο τους στο ροκ και στο τουίστ – δεν ήξερα να τα χορεύω. Ο Βασίλης ήταν πολύ καλός χορευτής και πολύ καλός ομιλητής: ήξερε πολλά ανέκδοτα, είχε δει όλες τις τελευταίες ταινίες, είχε πλούσια δισκοθήκη, στερεοφωνικό πικάπ, δεν πολιτικολογούσε ούτε έλεγε σοφίες. Με καταγωγή από το Μεσολόγγι ο ίδιος, ήξερε πως η γειτονική Λευκάδα παλιά λεγόταν Αγία Μαύρα, από την πολιούχο αγία της πόλης όταν την διοικούσαν οι Ενετοί, δεν του ήταν δύσκολο να υποθέσει την καταγωγή της.

Πλήρωσα, φύγαμε, πήγα με ταξί τη Μαύρα σπίτι της. Με άφησε να της κρατάω το χέρι, αλλά όταν φθάσαμε και πήγα να της δώσω το αποχαιρετιστήριο φιλί, μου έστρεψε το μάγουλο. Σε καμιά δεκαριά ημέρες

hasard. Je fis les présentations. Il demanda à Mavra si sa famille était de Leucade ; en effet, répondit-elle avec surprise ; il s'assit à notre table, se découvrit un creux abyssal dans l'estomac, choisit le plat le plus cher, exprima son admiration pour le vin, en commanda une deuxième bouteille, « aujourd'hui c'est toi qui paies, Psychoyos », annonça-t-il. Quel moyen d'objecter ? Je lui devais mon salut. À un moment donné il me passa en douce deux billets de cinq cents, j'étais à couvert.

Nous continuâmes la soirée à trois jusqu'à l'heure de la fermeture. Mavra dansait les slows tantôt avec moi, tantôt avec lui ; pour les danses rapides on se retrouvait à trois ; pour les rocks et les twists, que je ne savais pas danser, ils étaient entre eux. Vassilis était très bon danseur et très bon causeur : il avait un tas d'histoires drôles à raconter, il avait vu tous les films récents, il avait une abondante discothèque, un électrophone stéréo, il ne parlait ni sciences ni politique. Originaire lui-même de Missolonghi, il savait que Leucade, l'île voisine, s'appelait jadis Ayia Mavra[21], du nom de la sainte patronne de la ville, au temps où celle-ci était aux mains des Vénitiens, si bien qu'il n'avait eu aucun mal à deviner d'où était Mavra.

Je payai, nous partîmes, je reconduisis Mavra chez elle en taxi. Elle me laissa lui tenir la main, mais quand nous arrivâmes et que je me penchai pour le baiser d'adieu elle me tendit la joue. Au bout d'une dizaine de jours je rendis les mille drachmes à Vassilis, au bout d'un

---

21. Sainte-Maure.

επέστρεψα τις χίλιες δραχμές στον Βασίλη, σε έναν μήνα μου ανακοίνωσε ότι τα είχε φτιάξει με τη Μαύρα. Σήμερα έχουν τρία παιδιά και δύο εγγόνια.

Μου φαίνεται το «Santa Helena» κυκλοφορούσε ακόμη και τη δεκαετία του '90, αλλά εγώ δεν το ξανάβαλα στο στόμα μου από τότε, πάνε σχεδόν 50 χρόνια.

mois il m'annonça que Mavra et lui étaient ensemble. Aujourd'hui ils ont trois enfants et deux petits-enfants.

Le santa-helena se vendait encore dans les années quatre-vingt-dix, il me semble, mais pour ma part je ne l'ai plus approché de mes lèvres depuis ce jour, il y a de cela presque cinquante ans.

Πούρα και κονιάκ στο Σαβόι

Εκείνη την εποχή, έναν χρόνο μετά το γύρισμα της χιλιετίας, ήμουν πλούσιος και κάπνιζα πούρα – μου φαίνεται όλοι ήμασταν πλούσιοι τότε, ακόμη και εκείνοι που είχαν αγοράσει μετοχές στη μεγάλη χρηματιστηριακή φούσκα 1998-2001 και έβλεπαν κάθε ημέρα την «επένδυσή» τους να μειώνεται. Δεν το είχαν ακόμη πάρει απόφαση πως έχασαν τα χρήματά τους στον πανελλήνιο τζόγο, ήλπιζαν πως θα ανέκαμπταν οι τιμές και θα ξαναγίνονταν πλούσιοι, όπως είχαν γίνει για λίγους μήνες το 1999.

Εγώ ήμουν πραγματικά πλούσιος για τα μέτρα τα δικά μου· η τύχη και κάποια διαβάσματα για το χρηματιστήριο με είχαν βοηθήσει – ακόμα περισσότερο με είχαν βοηθήσει αγαπημένοι συνδικαλιστές του Παντείου που με κρατούσαν μακριά από το πανεπιστήμιο για να μην πληρώνομαι, επωφελούμενοι από το ότι αδικημένη μεγαλοφυΐα είχε καταφέρει να ακυρώ-

Cigares et cognac au Savoy

À cette époque, un an après le tournant du millénaire, j'étais riche et je fumais le cigare — nous étions tous riches à ce moment-là me semble-t-il, même ceux qui avaient acheté des actions pendant la bulle de 1998-2001 et voyaient fondre leur « investissement » jour après jour. Ceux-là ne s'étaient pas encore bien mis en tête qu'ils avaient perdu leur argent dans le grand jeu panhellénique et gardaient l'espoir que la Bourse allait remonter, et qu'ils redeviendraient riches comme ils l'avaient été quelques mois en 1999.

Moi j'étais vraiment riche, à mon échelle personnelle. Je le devais au secours de la chance, de quelques lectures sur la Bourse, et plus encore à de sympathiques syndicalistes de Panteion[22], à qui les circonstances avaient fourni le moyen de me priver de mon traitement en m'écartant de l'Université : j'y avais été élu, mais un génie injustement évincé avait réussi à faire annuler la procédure par le Conseil d'État ; puis, bien

22. Université des Sciences politiques et sociales d'Athènes, organisme fondé en 1930.

σει την εκλογή μου στο Συμβούλιο της Επικρατείας. Παρότι η εκλογή μου είχε επαναληφθεί νομότυπα (και η μεγαλοφυΐα είχε πάρει πάλι μηδέν ψήφους), ο αντιπρύτανης δεν προωθούσε για μήνες τον διορισμό μου στο υπουργείο Παιδείας – χρειάστηκε να επέμβει ο Συνήγορος του Πολίτη. Μη έχοντας άλλον καλύτερο τρόπο να καλύψω τα εισοδήματα που μου στερούσαν, έπαιζα στη Σοφοκλέους σαν day trader – και κέρδιζα πολλαπλάσια από τον μισθό μου. Τόσα πολλά ώστε, στην προσπάθεια να κόψω το τσιγάρο που ήταν ο σύμβουλός μου μπρος στον υπολογιστή, αποφάσισα να καπνίζω πούρα, 2-3 πούρα την ημέρα αντί για 2-3 πακέτα τσιγάρα· Αβάνας μάλιστα, που μου τα έφερναν φίλοι από το εξωτερικό, αγοράζοντάς τα φθηνά στα duty free – κυρίως ο Παναγιώτης από τη Λευκωσία, η Κύπρος δεν είχε ενταχθεί ακόμη στην Ένωση.

Με την πρώτη ρουφηξιά του Romeo y Julieta cedro είχα καταλάβει γιατί οι πλούσιοι καπνίζουν πούρα: η γλύκα που σου φέρνει ξεπερνάει όποια άλλη, καμιά σχέση με την αηδία του τσιγάρου που καπνίζω αυτή τη στιγμή. Ο απαλός ζεστός καπνός γεμίζει το στόμα με γεύση σοκολάτας και μελιού, θεσπέσια αίσθηση, πρωτόγνωρη, μια που δεν υπάρχει ύλη να ακουμπά στα γευστικά κύτταρα αλλά μόνο μυρωδάτος απολαυστικός αιθέρας. Και το πρωί ξυπνάς με γεύση σοκολάτας και μελιού στο στόμα, σαν να έτρωγες Toblerone στα

que le nouveau vote eût dûment confirmé mon élection (en donnant derechef zéro voix au grand génie), pendant des mois le vice-recteur omit d'acheminer ma nomination au ministère de l'Éducation — il fallut faire intervenir le Défenseur du Citoyen[23]. Dans l'intervalle, n'ayant pas de meilleur moyen pour compenser la perte de mes revenus, je me mis à jouer comme *day trader* à Sofokléous[24], où mes gains me rapportèrent plusieurs fois mon salaire. Tant et si bien que dans mon effort pour me déprendre de la cigarette — qui était ma conseillère devant mon ordinateur —, je décidai de fumer le cigare, deux trois cigares par jour au lieu de deux trois paquets de cigarettes ; et même des havanes, que des amis me rapportaient de l'étranger en les achetant à prix réduit en *duty free.* Surtout Panayotis, depuis Nicosie — Chypre n'était pas encore entrée dans l'Union européenne.

Dès la première bouffée du Romeo y Julieta cedro j'avais compris pourquoi les riches fument le cigare : le plaisir qu'il dispense est sans égal — rien à voir avec l'immonde cigarette que je fume en ce moment. La suave fumée tiède emplit la bouche d'une saveur de chocolat et de miel, divine sensation, unique en son genre, car les cellules du palais ne sont touchées par aucune matière, juste par un délicieux éther aromatique. Et le matin au réveil on a sur les papilles ce goût de chocolat et de miel comme si on avait mangé

23. L'équivalent du médiateur de la République en France.

24. La Bourse d'Athènes, à l'époque rue Sofokléous.

όνειρά σου. Τον πρώτο καιρό ξεχωρίζεις και τη βαριά πλούσια ευωδιά του καπνού που σε τριγυρίζει, μετά χάνεται αυτή η αίσθηση, την χαίρονται μόνο οι γύρω.

Η άλλη σπατάλη που κάναμε εκείνη την εποχή που ήμασταν πλούσιοι ήταν πως πήγαμε στην Αγγλία να τελειοποιήσουμε τα αγγλικά μας – εμένα με βασανίζουν από την πέμπτη δημοτικού τα αγγλικά, τότε πρωτάρχισα τα μαθήματα. Επτά ολόκληρα χρόνια σε ινστιτούτα, ως την τελευταία τάξη του λυκείου που έπρεπε να πάω φροντιστήριο· έκανα και ιδιαίτερα αργότερα, σκράπας πάντα – στην ομιλία, με τα επαγγελματικά διαβάσματα, δεν είχα προβλήματα. Επειδή είχα παρατήσει το γαλλικό ινστιτούτο μόλις τέλειωσε το ειδύλλιό μου με τη Μαύρα, τα γαλλικά τα είχα μάθει στο Παρίσι, διαβάζοντας Monde, Μαρξ, Temps Modernes, Αλτουσέρ και μιλώντας υποχρεωτικά με τους ανθρώπους. Προφορά κακή αλλά ασύγκριτα καλύτερη από των αγγλικών, αυτή τη μυστήρια μονοσυλλαβική άκλιτη γλώσσα που βγάζει τους φθόγγους από το βάθος του λαιμού και όχι από τη στοματική κοιλότητα, όπως η ελληνική και η γαλλική.

Δεν τις παίρνω τις ξένες γλώσσες. Τα τούρκικα που προσπάθησα να μάθω στα τριάντα μου τα παράτησα τον δεύτερο χρόνο, ήταν επικίνδυνο να συνεχίσω: ο εγκέφαλός μου είχε δημιουργήσει ενιαίο υπόστρωμα νευρώνων, το είχε ονομάσει «ξένη γλώσσα», είχε εναποθέσει εκεί τα αγγλικά και γαλλικά και όταν καταλάβαινε πως μιλούσα «ξένη γλώσσα» τραβούσε όποια

du Toblerone dans ses rêves. Le temps des premières bouffées on distingue aussi l'arôme lourd et riche de la fumée flottant autour de soi ; puis la sensation s'efface, et seuls les autres autour de vous en ont le bénéfice.

L'autre dépense extravagante à laquelle nous nous livrâmes, en ce temps où nous étions riches, fut d'aller en Angleterre pour perfectionner notre anglais. L'anglais m'empoisonne l'existence depuis ma cinquième année d'école primaire, c'est-à-dire depuis mes débuts dans cette langue. Sept années entières à courir les instituts, jusqu'à la terminale, où j'allai dans un cours privé préparer le bac ; plus tard je pris aussi des cours particuliers. Rien à faire, toujours nul. Enfin à l'oral — pour mes lectures professionnelles je n'avais aucun mal. Quant au français, comme j'avais abandonné l'Institut français dès la fin de mon idylle avec Mavra, je l'ai appris à Paris, en lisant *le Monde,* Marx, *les Temps modernes,* Althusser, et en parlant avec les gens, bien obligé. Avec un accent détestable, mais incomparablement meilleur que celui que j'avais en anglais. Un mystère, cette langue anglaise, toute en monosyllabes, sans déclinaisons, et qui fait sortir les sons du fond de la gorge et pas de la cavité buccale comme le grec et le français.

Les langues étrangères n'ont pas prise sur mon cerveau. À trente ans je me suis mis au turc, mais la deuxième année j'ai laissé tomber. Continuer, c'était risqué : mon cerveau avait constitué une couche unique de neurones, l'avait baptisée « étranger », y avait emmagasiné l'anglais et le français, et quand il me voyait parler « étranger » il

λέξη έβρισκε ευκολότερα από αυτές που ταίριαζαν στο νόημα που ήθελα να πω. Έτσι, επειδή ήξερα καλύτερα γαλλικά, όταν μιλούσα αγγλικά ο εγκέφαλος τα ανακάτευε με γαλλικές λέξεις. Αν μάθαινα και τουρκικά, θα τραβούσε και τουρκικές λέξεις – και δεν θα με καταλάβαιναν πια ούτε στον δίγλωσσο Καναδά, μόνο εκεί αισθάνθηκα άνετα, όταν είχα πάει ταξίδι, κατανοούσαν απόλυτα την αγγλογαλλική μείξη που χρησιμοποιούσα. Για να καταλαβαίνουν και άλλοι πλην των Καναδών τα αγγλικά μου, πήγαμε στο Λονδίνο λοιπόν. Μέναμε σε ευπρεπώς μέτριο ξενοδοχείο στη Russel Square και συνήθως ανεβοκατεβαίναμε με τα πόδια ως το Charing Cross που βρισκόταν το σχολείο των αγγλικών.

Στη διαδρομή μας περνούσαμε και από την Strand, τον πρώτο παράλληλο προς τον Τάμεση δρόμο, από τους ομορφότερους του Λονδίνου. Στην αρχή της περίπου βρίσκεται το Bush House, το κτίριο που φιλοξενούσε το κάποτε περίφημο και στη δύσκολη φάση της χούντας πολύτιμο BBC World Service. Στο τέλος της Strand βρίσκεται ο σιδηροδρομικός σταθμός του Charing Cross όπου και το σχολείο μας, στη μέση περίπου το φημισμένο ξενοδοχείο «Savoy».

Δεν το είχα εντοπίσει το «Savoy» την πρώτη φορά που περάσαμε, η είσοδός του είναι κρυμμένη μέσα σε παράδρομο της Strand – πρόσεξα όμως το κατάστημα με τις ξύλινες παλιοκαιρινές πόρτες και βιτρίνες και

tirait de là, parmi les mots correspondant à ce que je voulais dire, celui qui lui venait le plus facilement. Comme je savais mieux le français, quand je parlais anglais il farcissait mes phrases de mots français. Si en plus j'avais appris le turc, il aurait aussi convoqué des mots turcs — en sorte qu'on ne m'aurait plus compris même au Canada, pays bilingue, qui était le seul endroit où je me sentais à l'aise ; quand j'y étais allé en voyage, ma mixture anglais-français y avait fait merveille. Ainsi donc, pour que l'accès à mon anglais ne fût pas réservé aux seuls Canadiens, nous fîmes le voyage de Londres. Nous logions dans un hôtel de standing correct à Russel Square, et en général nous faisions le trajet à pied jusqu'à Charing Cross où se trouvait l'école d'anglais.

Pour cela nous passions par le Strand, la première artère parallèle à la Tamise, une des plus belles de Londres. À peu près à son point de départ se trouve la Bush House, siège du BBC World Service, organisme naguère fameux, et qui, pendant la rude période de la junte, nous fut particulièrement précieux[25]. La gare de Charing Cross, ainsi donc que notre école, se trouve à l'autre bout. À peu près au milieu, le célèbre hôtel Savoy.

De prime abord je ne l'avais pas repéré, car son entrée se cache dans une ruelle adjacente — mais j'avais remar-

---

25. Au début de la dictature des Colonels, la BBC World et « Ici Paris », l'émission grecque de la Radio française, étaient les principales sources d'information indépendantes dont disposaient les Grecs.

τα υπέροχα πανάκριβα ανδρικά είδη, που βρισκόταν πάνω στην Strand. Η ξύλινη περίτεχνη πινακίδα που κρεμόταν πάνω από το πεζοδρόμιο, κάθετα στην είσοδό του, και στηριζόταν σε επίσης περίτεχνη σιδεριά, έγραφε «Savoy Taylors Guild». Βοηθούσε και η παμπάλαια ταμπέλα με τη σιδεριά, ο νους μου πήγε αμέσως σε μεσαιωνική ραφτάδικη συντεχνία που είχε την έδρα της εκεί από αιώνες. Μετά συνειδητοποίησα και τη λέξη Savoy, είδα και την είσοδο του ξενοδοχείου μέσα στον ανήλιο στενό παράδρομο που ήταν γεμάτο πολυτελή αυτοκίνητα σαν πάρκινγκ· καθόλου σπουδαία, παρά το επίχρυσο κακόγουστο άγαλμα ιππότη που έχει πάνω της.

Ήμουν πλούσιος – αλλά για τα δικά μου μέτρα, είπαμε, που δεν ήταν ίδια με αυτά των τακτικών πελατών του «Savoy Taylors Guild». Για κοστούμι, καπαρντίνα ή σακάκι δεν υπήρχε περίπτωση, πουκάμισο όμως καλοκαιρινό, με μακριά μανίκια, άντεχα να αγοράσω, είχε πάει και καλά εκείνη την ημέρα το χρηματιστήριο, ήμουν σε καλή διάθεση, το πήρα. Την άλλη ημέρα το φόρεσα, πήγα περήφανος στο μάθημα, τηλεφώνησα στην Αθήνα, όλα καλά. Σκέφθηκα πως μου άξιζε να επιδείξω το πουκάμισό μου στο «Savoy» και να απολαύσω το μεσημεριανό Romeo y Julieta cedro πίνοντας malt whisky στο μπαρ. Τηλεφωνήσαμε και στη φίλη μας τη Σοφία που ήταν στο Λονδίνο εκείνη την εποχή, μπήκαμε στον θλιβερό παράδρομο, βρεθήκαμε στην είσοδο, κατευθυνθήκαμε στο American Bar. Ρώτησα αν επιτρέπεται το κάπνισμα –

qué sa boutique, qui donnait sur le Strand. Elle se signalait par des portes et des vitrines en bois, à l'ancienne, et proposait des articles pour hommes, superbes, très coûteux. Sur l'enseigne de bois ouvragée suspendue à l'entrée, à angle droit au-dessus du trottoir, et fixée à une grille de fer forgé elle-même très ouvragée, figurait l'inscription : « Savoy Taylors Guild ». Sur le moment l'antique panneau avec sa grille me fit imaginer une corporation de tailleurs médiévale, sise en cet endroit depuis des siècles. Puis le mot « Savoy » me revint, et d'ailleurs à ce moment j'aperçus l'entrée de l'hôtel, dans sa ruelle étroite et sombre, remplie de voitures de luxe en stationnement. Rien d'extraordinaire cette entrée, malgré la figure de chevalier qui la surmonte, une statue dorée d'un goût douteux.

J'étais riche — mais, avons-nous dit, à mon échelle personnelle, qui n'était pas la même que celle des clients réguliers du « Savoy Taylors Guild ». De costume, d'imperméable ou de veste il n'était pas question, mais pour une chemise d'été à manches longues j'avais de quoi, et de plus à la Bourse la journée avait été bonne. J'avais le moral au beau, je l'achetai. Je la mis le lendemain, j'allai tout fier à mon cours, je téléphonai à Athènes, tout allait bien. Je me dis que j'avais mérité d'aller au Savoy montrer ma chemise et savourer au bar mon Romeo y Julieta cedro du soir avec un *malt whisky.* Un autre coup de fil à notre amie Sofia qui était à Londres à ce moment-là, et nous voilà dans la petite rue triste, puis passant le seuil et nous dirigeant vers

δεν είχε ακόμη επιβληθεί απόλυτη καπνοαπαγόρευση, κάθε μαγαζί είχε τους δικούς του κανόνες–, μου απάντησαν «*μάλιστα κύριε*», περάσαμε.

Γλυκό ηρεμιστικό περιβάλλον με ήπιο φωτισμό, μεγάλες δερμάτινες σκούρες πολυθρόνες, καθρέφτες και φωτογραφίες διάσημων πελατών στους χλωμούς τοίχους. Στη μεγάλη σάλα πιανίστας έπαιζε εύηχη τζαζ. Ήταν σχεδόν γεμάτο, στο διπλανό τραπέζι δύο ζευγάρια ηλικιωμένων. Ο κατάλογος είχε εκατοντάδες ονόματα κοκτέιλ και ποτών, βαριόμουν να ψάξω, αποφάσισα αντί για ουίσκι να πάρω κονιάκ, θα έκανε καλύτερη παρέα με τον Ρωμαίο και την Ιουλιέτα μου, σκέφθηκα.

Ήρθαν τα ποτά, άναψα το πούρο μου, έσμιξε η θέρμη του με του κονιάκ, ευφράνθηκα εγώ, μοσχοβόλησε η αίθουσα, γύρισε ο πιανίστας και μου έκλεισε φιλικά το μάτι, θαύμασε και το πουκάμισό μου. Περήφανος γέμισα το στόμα μου καπνό και προσπάθησα να φτιάξω δαχτυλίδια φυσώντας τον – μάταια βέβαια, ποτέ δεν το είχα καταφέρει. Εκείνη τη στιγμή κατέφθασε το γκαρσόνι:

– *Πρέπει να βγείτε έξω να καπνίσετε, κύριε.*

– *Μα ρώτησα και μου είπατε πως επιτρέπεται το κάπνισμα.*

– *Επιτρέπεται το κάπνισμα τσιγάρου, κύριε. Για τα πούρα, έπρεπε να ρωτήσετε τους γείτονές σας αν συμφωνούν.*

– *Μα δεν έχουν αντίρρηση οι κυρίες*, αντέτεινα.

– *Εννοώ το διπλανό τραπέζι, κύριε.*

l'*American Bar*. Je demande s'il est permis de fumer — l'interdiction de fumer n'était pas encore la règle absolue, elle restait à la discrétion de chaque établissement — on me répond « oui, Monsieur », nous entrons.

Quiétude apaisante, lumière tamisée, grands fauteuils de cuir sombre, miroirs, photos de clients célèbres apposées aux murs pâles. Dans la vaste pièce un pianiste jouait un air de jazz séduisant. La salle était comble, ou presque ; à la table voisine, deux couples âgés. La carte proposait des centaines de cocktails et de boissons ; je n'avais pas le courage de m'y plonger ; au lieu de whisky j'optai pour un cognac, qui tiendrait mieux compagnie à mon Roméo et Juliette, pensai-je.

Les boissons arrivèrent. J'allumai mon cigare, sa chaleur se joignit à celle du cognac. Mon cœur se dilata, la pièce s'emplit de parfum. Le pianiste se retourna et me fit un clin d'œil amical, non sans un regard admiratif pour ma chemise. J'emplis avec orgueil ma bouche de fumée et tentai de la souffler en anneaux — sans succès bien sûr. Jamais je n'y étais arrivé. À ce moment survint le garçon :

« Pour fumer vous devez sortir, Monsieur.

– Mais j'ai demandé, vous m'avez dit que c'était permis.

– La cigarette, oui, Monsieur. Pour les cigares, il aurait fallu demander l'accord de vos voisins.

– Mais les dames n'y voient pas d'objection, ripostai-je.

– Je veux dire la table voisine, Monsieur. »

Γύρισα και κοίταξα. Οι δύο άνδρες μελετούσαν το ταβάνι, η γυναίκα που έβλεπα το πρόσωπό της είχε σουφρώσει τα χείλη της, είχε τσιτώσει τα μάγουλά της και μου έριχνε δολοφονικό βλέμμα. Ήμουν οργισμένος και ντροπιασμένος. Είχα τηρήσει τους κανόνες που ήξερα, ξαφνικά μάθαινα πως υπήρχαν και άλλοι που κάποιοι τους έστρεφαν εναντίον μου, με έκαναν να νιώθω αγενής, παρείσακτος. Κοίταξα την κυρία με συγκαταβατικό χαμόγελο που σίγουρα της θύμισε την ηλικία της, σηκώθηκα.

Δεν στάθηκα καν στο λόμπι του ξενοδοχείου, βγήκα έξω στον σκοτεινό παράδρομο της εισόδου να καπνίσω, ανάμεσα στις λιμουζίνες που περίμεναν τους πλούσιους πελάτες, ίσως και την παρέα που μου είχε σκοτώσει όλη τη χαρά, με είχε ταπεινώσει. Η αιθέρια γεύση είχε γίνει πικρή, ήταν σαν να βρίσκομαι με τον Ρωμαίο και την Ιουλιέτα στον τάφο, εκεί που γίνεται η τρομερή παρεξήγηση και πεθαίνουν και οι δύο. Πήρα από τα χέρια της Ιουλιέτας το ματωμένο στιλέτο της κάφτρας του πούρου μου, έκανα δύο ωραίες τρύπες στα μανίκια του πουκαμίσου μου, πάνω από το κούμπωμα. Είχα αποφασίσει να το δώσω στη ράφτρα της γωνίας όταν γυρίζαμε, να μου το κάνει κοντομάνικο.

Je me tournai pour voir. Les deux hommes étudiaient le plafond. La femme dont je voyais le visage, lèvres pincées, joues tendues, me lançait un regard meurtrier. J'étais furieux et plein de honte. Les règles dont j'avais connaissance, je les avais respectées, et soudain j'apprenais qu'il y en avait d'autres que certains retournaient contre moi, me donnant la sensation d'être un intrus, un malappris. Je regardai la dame avec un sourire apitoyé qui lui rappela sûrement son âge, et me levai.

Je ne voulus même pas rester dans le hall de l'hôtel, et sortis. Je fumai dans la sombre ruelle devant l'entrée, parmi les limousines en attente. En attente des clients riches, peut-être de ceux-là mêmes qui avaient tué toute ma joie, qui m'avaient humilié. L'immatérielle saveur s'était changée en amertume. Comme si je me trouvais avec Roméo et Juliette au tombeau, au moment du terrible malentendu qui les jette tous deux dans la mort. Des mains de Juliette je repris le stylet sanglant : avec le bout ardent de mon cigare je fis dans les manches de ma chemise deux superbes trous au-dessus du boutonnage. C'était dit : à mon retour je la donnerais à la couturière du coin pour qu'elle m'en fasse une chemisette à manches courtes.

Το κομπολόι του πατέρα

Το καλοκαίρι του 1983, έναν χρόνο μετά τον πρόωρο θάνατο του πατέρα μου, βρισκόμασταν για έρευνα στο Συρράκο, ψηλά στα Τζουμέρκα. Περίφημο βλαχοχώρι, πανέμορφο, γαντζωμένο στα βράχια απόκρημνου γκρεμού, με πολύ παλιά πολιτική και πολιτιστική παράδοση: πατρίδα του Κωλέττη, του Κρυστάλλη, του Ζαλοκώστα, με μεγάλη κτηνοτροφία, με οικοτεχνίες που κάποτε έφτιαχναν καπότες, με εμπόρους και ραφτάδες κατοίκους – εμάς μας ενδιέφεραν οι κτηνοτρόφοι. Μεταβατικοί, ημινομάδες, το καλοκαίρι πάνω στις βουνοκορφές, τους

Le *koboloï*

L'été 1983 — un an après la mort prématurée de mon père —, nous fîmes un séjour de recherche à Syrrako, dans les hauteurs des Tzoumerka. Syrrako est un village valaque très connu, superbe, cramponné à la roche au bord d'une paroi vertigineuse ; riche d'une tradition politique et culturelle très ancienne : patrie de Coletti[26], de Krystallis[27], de Zalokostas[28] ; avec une importante activité d'élevage, et un artisanat à domicile qui produisait jadis des capotes de laine[29] ; village de marchands et de tailleurs — nous, ce qui nous intéressait c'étaient les éleveurs. Des transhumants, semi-nomades. L'été ils séjournaient sur les alpages, et notre équipe de

26. Jean Coletti, en grec Ioannis Kolettis, (1774-1847), grande figure de la guerre d'Indépendance grecque, plus tard ambassadeur en France et Premier ministre.

27. Kostas Krystallis (1868-1894), poète de la vie pastorale.

28. Yorgos Zalokostas (1805-1858), qui prit part à la guerre d'Indépendance, a écrit des poèmes patriotiques et de la poésie lyrique.

29. On dit que Napoléon commanda pour ses armées 20 000 de ces grandes capes.

επισκεφθήκαμε όλη η ομάδα του ΕΚΚΕ· τον χειμώνα διασπείρονταν από τα Γιάννενα ως το Άκτιο, πήγα μόνος να τους επισκεφθώ στα χειμαδιά, γύριζα κοντά ένα μήνα σε πόλεις και χωριά της Ηπείρου.

Τελευταία επίσκεψη στην Πρέβεζα, είχε διασωθεί εκεί συρρακιώτικη καλύβα από αυτές που κατοικούσαν παλιά οι οικογένειες των κτηνοτρόφων και έπρεπε να την φωτογραφίσω. Πετάχτηκα και ως το σπίτι του Γιάννη Γκίζα εκεί κοντά να τον χαιρετήσω, μας είχε φιλοξενήσει το καλοκαίρι στη στάνη του πάνω στον Γαλαρόκαμπο, μας είχε βοηθήσει πολύ στη δουλειά μας, του είχα υποχρέωση. Έλειπε, δεν είχε γυρίσει ακόμη για το μεσημεριανό, έφεραν καφέ, άναψα τσιγάρο, πήγα να βγάλω και το κομπολόι μου να το ρωγομετρήσω να περνάει η ώρα – δεν ήταν στις τσέπες του παντελονιού. Κοίταξα και στο χειμωνιάτικο μπουφάν που ήταν κρεμασμένο πιο πέρα, δεν το βρήκα.

Πήγα στο αυτοκίνητο που ήταν παρκαρισμένο στην αυλή του σπιτιού, κοιτώντας και στο έδαφος μήπως μου είχε πέσει· έψαξα στα καθίσματα, στα ρούχα που ήσαν σκορπισμένα εκεί, στα ντουλαπάκια, έκανα την βαλίτσα άνω-κάτω – πουθενά το κομπολόι. Ξανά τις τσέπες, ξανά το μπουφάν, ξανά τη διαδρομή ως το σπίτι, ψάξαμε και στην τραπεζαρία του σπιτιού μήπως μου

l'EKKE[30] au complet leur avait rendu visite. À la saison froide ils s'égaillaient entre Jannina et l'Aktio. C'est là que j'allai les revoir dans leurs quartiers d'hiver, seul cette fois, et pendant à peu près un mois je tournai dans ce coin d'Épire entre villes et villages.

Ma dernière visite fut pour Prévéza. On y voyait encore une cabane syrrakiote du type de celles qu'habitaient jadis les éleveurs et leur famille : je devais la prendre en photo. Puis je fis un saut chez Yannis Guizas, non loin de là, pour le saluer. Pendant l'été il nous avait accueillis dans sa bergerie au-dessus de Galarokabos, il nous avait beaucoup aidés dans notre travail, j'étais son obligé. Il était absent, on l'attendait pour la pause de midi. On m'offrit du café, j'allumai une cigarette, j'eus envie de prendre mon *koboloï*[31], de le faire glisser entre mes doigts pour passer le temps — mais il n'était pas dans mes poches de pantalon. Dans mon blouson d'hiver, qui était suspendu plus loin, rien non plus.

J'allai à la voiture, garée dans la cour, en regardant par terre, pour le cas où je l'aurais perdu en chemin. Je cherchai sur les sièges, dans les habits épars, dans les vide-poches. Je mis la valise sens dessus dessous — pas de trace du *koboloï*. Nouvel examen des poches, du blouson, du sol entre voiture et maison. Recherche dans la salle à manger, où il aurait pu tomber. Retour

30. Le Centre grec de recherche en sciences sociales.

31. Le *koboloï*, ou komboloi, est cette sorte de chapelet, sans signification religieuse spéciale, qu'aiment à manier les hommes en Grèce et à Chypre.

έπεσε εκεί, ξανά τη διαδρομή ως το αυτοκίνητο, ξανά τη βαλίτσα, το πορτμπαγκάζ, όλα τα πιθανά και απίθανα σημεία – πουθενά το κομπολόι.

Έφθασε ο Γιάννης και με βρήκε συγχυσμένο να ψάχνω ακόμη στο αυτοκίνητο. Η στενοχώρια μου ήταν έκδηλη «*μα πώς κάνεις έτσι, ένα κομπολόι ήταν*». Αλλά ήταν το κομπολόι του πατέρα μου. Όταν πέθανε κληρονομήσαμε τη βιβλιοθήκη του (αγαπημένη κόρη του και αυτή που μεγάλωνε μαζί μας στα Λεχαινά και στην Αθήνα), το σπίτι του στο Νιοχώρι και τον μπελά να συνεχίσουμε να φτιάχνουμε κρασί και λάδι. Από τα προσωπικά του είδη σε εμένα έπεσε το κεχριμπαρένιο κομπολόι του, που είχε ιστορία: του το είχε χαρίσει ο πεθερός του, ο Ντίνος Μανιάτης, ο «γερο-παππούς Ντίνος» όπως τον έλεγαν τα δισέγγονά του για να τον ξεχωρίζουν από τον πατέρα μου, τον συνονόματό του «παππού Ντίνο». Στον γερο-παππού το είχε χαρίσει κάποτε, κατά τη δεκαετία του 1940 πρέπει να ήταν, βουλευτής Ηλείας των Φιλελευθέρων, Γιαννόπουλος νομίζω.

Ατόφιο κεχριμπάρι βαλτικής, με χάντρες κυλινδρικές σε μέγεθος μούρου – όχι από τα συνηθισμένα μούρα αλλά σαν εκείνα τα μεγάλα και πιο-γλυκά-πιο-ζουμερά-δενγίνεται που είχα γευτεί κάποτε στο ξωκλήσι του ΆιΔημήτρη στη Δράκεια – φθαρμένες στο εσωτερικό τους από εκατομμύρια διαδρομές πάνω στον μεταξωτό σπάγκο και στις πάνω-κάτω επιφάνειές τους από τα ισάριθμα κροταλίσματα της μιας πάνω στην άλλη.

de la maison à la voiture. Nouvelle fouille dans la valise, dans le coffre, dans tous les endroits possibles et impossibles — pas de *koboloï.*

Yannis arriva et me trouva chamboulé, en train de chercher une fois de plus dans la voiture. Mon chagrin était visible. « Pourquoi ça te touche à ce point ? C'était juste un *koboloï.* » Oui, mais c'était le *koboloï* de mon père. À sa mort nous avions hérité de sa bibliothèque (qu'il aimait comme sa fille, et qui avait grandi en même temps que nous à Léchaina, puis à Athènes), de sa maison de Niochori, et du tintouin d'avoir à faire le vin et l'huile à notre tour. Parmi ses objets personnels il y avait son *koboloï,* qui me revint. Ce chapelet avait une histoire : mon père l'avait reçu en cadeau de son beau-père, Dinos le Maniote, « le vieux grand-père » comme l'appelaient nos enfants, pour le distinguer de mon père, qui avait le même prénom et qu'ils appelaient « grand-père Dinos ». Et le vieux grand-père l'avait lui-même reçu jadis en cadeau, ce devait être dans les années quarante, d'un député d'Élide inscrit au parti des Libéraux, Yannopoulos, je crois.

Il était tout en ambre de la Baltique, avec des perles cylindriques grosses comme des mûres — pas comme des mûres ordinaires, mais comme ces grosses mûres, divinement sucrées et succulentes, que j'avais goûtées un jour à la chapelle Saint-Dimitris à Drakia ; usées à la fois en leur centre par les millions de trajets le long du cordon de soie, et à leurs deux pôles par les millions de petits chocs nés de leurs rencontres. C'était un *koboloï*

Ήταν απαιτητικό το κομπολόι του παππού και του πατέρα: όταν είχες καιρό να το πιάσεις, πείσμωνε: θάμπωνε, γινόταν τραχύ στην αφή, ακατάδεχτο. Μόλις ένιωθε τα δάχτυλά μου, μετά από λίγη ώρα γινόταν στιλπνό και τρυφερό, υγρό σχεδόν, μπουμπούκιαζε – μπορεί να φαίνεται τολμηρή αλλά μάλλον σεμνότυφη είναι τελικά η λέξη «ρωγομέτρημα» για το απαλό και σιωπηλό χάιδεμα των χαντρών (σε αντίθεση με το «μπεγλέρισμα» που στριφογυρίζουν ή πέφτουν και κροτούν οι χάντρες)· αντιστοιχεί σε πολύ πιο αισθαντικό χάδι.

«*Πάμε να φάμε*», μου είπε ο Γιάννης, «*δεν σε περιμέναμε, η γυναίκα έφτιαξε κάτι πρόχειρο*». Το πρόχειρο φαγητό ήταν η «μασόντρα», η πιο απλή πίτα που υπάρχει, με την πιο γρήγορη και εύκολη προετοιμασία, εντελώς κατάλληλη για κτηνοτρόφους που μετακινούνται και δεν διαθέτουν πολλά σκεύη: ψιλοκόβεις ό,τι χόρτα βρεις, απλώνεις στο ταψί βούτυρο που πάντα υπάρχει, ρίχνεις καλαμποκάλευρο και το ραντίζεις με νερό να γίνει κουρκούτι, ρίχνεις πάνω τα χόρτα, ρίχνεις και πάνω από τα χόρτα καλαμποκάλευρο που το βρέχεις, το βάζεις στη γάστρα ή στον φούρνο. Το τελικό

exigeant que celui du vieux grand-père et de mon père : quand on trouvait le temps de le prendre il commençait par faire la mauvaise tête, se ternissait, devenait rêche au toucher, hostile. Mais dès qu'il sentait mes doigts, très vite il se faisait lisse et tendre, presque humide, bourgeonnant — « compter les globes » dit-on, « *rogometrima* », et le terme peut paraître osé[32], mais finalement il est plutôt prude pour qualifier la douce et silencieuse caresse autour des perles (par opposition à l'autre geste, celui de « dévider », « *beglerisma* », qui les fait tournoyer, glisser et cliqueter) : la caresse qu'il désigne est beaucoup plus sensuelle.

« Allons manger, me dit Yannis, nous ne t'attendions pas, la femme a fait quelque chose de rapide. » Le plat improvisé était la *massontra,* la pita sous la forme la plus simple qui soit, la plus vite faite et la plus facile à préparer, en parfait accord avec la vie des éleveurs, toujours en déplacement et peu encombrés d'ustensiles : on coupe menu les plantes qui s'offrent à la cueillette, on beurre la plaque (le beurre ne fait jamais défaut), on prend de la farine de maïs qu'on arrose d'eau jusqu'à obtenir une pâte, sur la pâte on met les plantes hachées, puis de la farine de maïs qu'on mouille, et on met cela dans une *gastra*[33] ou au four. Le résultat final dépend des varié-

32. Le mot grec « *roga* » s'emploie à la fois pour désigner un grain de raisin, une perle de chapelet (qu'on « égrène »), et le téton féminin.

33. La *gastra* est le couvercle d'un ustensile traditionnel en poterie ou en métal qui fait office de four portatif utilisable sur feu

αποτέλεσμα εξαρτάται από το είδος και την ποιότητα των χόρτων και από το ψήσιμο, να γίνει το καλαμποκάλευρο ζεστή ηλιοκαμένη επιδερμίδα. Ανάλογα με τον χρόνο και τα διαθέσιμα υλικά, προσθέτεις φέτα ή και γιαούρτι, φτιάχνεις το κουρκούτι σε λεκάνη, το βασικό είναι το καλαμποκάλευρο.

Το άλλο πιάτο το ήξερα από το καλοκαίρι, το είχα γευτεί στον Γαλαρόκαμπο: αυγά με γκίζα, νωπή μυζήθρα δηλαδή, έτσι την λένε οι Βλάχοι. «*Είναι αλήθεια πως στην Αθήνα πληρώνετε τη γκίζα όσο και το τυρί;*» με είχε ρωτήσει ο Γιάννης εκεί πάνω. Παραπροϊόν της παραγωγής φέτας, η γκίζα στο βουνό πετιόταν, δεν υπάρχουν οι ευκολίες του οργανωμένου παραδοσιακού τυροκομείου, να μπει σε τουλουπάνια να ξεραθεί, να πουληθεί για τρίψιμο στα μακαρόνια. Τη ρίχνουν μέσα στο τηγάνι με τα αυγά, τα χτυπούν όλα μαζί όπως στην στραπατσάδα. Νοστιμότατο πιάτο, γλυκό γιατί στις στάνες δεν κάνουν αποβουτύρωση όταν φτιάχνουν τυρί, η μυζήθρα έχει πολύ περισσότερο βούτυρο από τον ανθότυρο, είναι γλυκιά. Και όταν είναι ζεστή ακόμη, μόλις έχει αφαιρεθεί σαν αφρός από το καζάνι που βράζει το γάλα για να γίνει τυρί, με λίγη ζάχαρη ή μέλι είναι υπέροχο γλύκισμα.

tés de plantes utilisées et de leur qualité; et aussi de la cuisson : la farine de maïs doit prendre l'aspect d'une peau chaude et bronzée. En fonction du temps et des ingrédients dont on dispose on peut varier, ajouter de la féta ou du yaourt, pétrir sa pâte dans une cuvette — l'élément de base est la farine de maïs.

L'autre plat, je le connaissais depuis l'été, je l'avais goûté à Galarokabos : des œufs au fromage, avec de la *guiza,* c'est-à-dire de la *myzithra* fraîche, *guiza* est le nom que lui donnent les Valaques. « C'est vrai qu'à Athènes vous payez la *guiza* autant que le fromage ? », m'avait demandé Yannis là-haut. Sous-produit de la féta, à la montagne le surplus de *guiza* se jetait. Il faut toute l'organisation d'une fromagerie pour la faire sécher en tamis et la vendre ensuite comme fromage à râper sur les pâtes. Là-haut on la jette dans la poêle sur les œufs, et on bat le tout en omelette. Un plat délicieux, onctueux, parce qu'à la bergerie on n'écrème pas le lait pour faire le fromage ; la *myzithra* contient beaucoup plus de crème que l'*anthotyro,* elle est douce. Et quand elle est encore chaude, quand on vient de la prélever comme une écume à la surface du lait, dans le chaudron où il bout pour devenir fromage, avec un peu de sucre ou de miel c'est une merveilleuse friandise.

---

de braise. Par extension le mot désigne aussi l'ustensile en son entier. Une base à rebord reçoit la nourriture à cuire, et on la coiffe de ce couvercle préalablement chauffé au rouge, qu'on recouvre ensuite de braise brûlante et de cendre chaude.

Δεν συγκρίνεται φυσικά με το «κουρκουφίγκι», το πρώτο γάλα που πιάνουν από την προβατίνα μετά τη γέννα, που είναι παχύρευστο και τηγανίζεται σαν τυρί σε σαγανάκι. Μοναδικό γλύκισμα, σπάνιο, μόνο οι κτηνοτρόφοι και οι επισκέπτες της ειδικής εκείνης ημέρας μπορούν να το γευτούν.

Πίναμε κρασί από το δικό μου, αυτό που βαπτίστηκε μετά «Βοκκακίτης» και πρόσφατα «Ιζαμπώ», είχα πάρει μαζί μου μπουκάλια για φιλέματα, ξέχασα να το γράψω. Δεν είπαμε την κλασική ηπειρώτικη ευχή που συνοδεύει το ποτό στις αντροπαρέες «*να ζήσουν οι γυναίκες μας, να μας αφήσουν πίσω*», ήταν μπροστά η σύζυγος. Όσο ξανθό και λαμπερό ήταν το κρασί, όσο γλυκά ήσαν τα αυγά με την γκίζα, όσο ζουμερή και

Sans égaler quand même, bien sûr, le *kourkoufinghi*, le premier lait de la brebis après la mise bas, qui est épais et se cuit à la poêle en *saganaki* comme du fromage. Régal unique, rare, dont seuls les éleveurs et leurs visiteurs présents ce jour spécial ont le privilège.

Nous bûmes de mon vin, de celui qui fut baptisé plus tard « Boccacitis » et récemment « Isabeau[34] » — j'en avais pris quelques bouteilles avec moi pour les offrir, j'ai oublié de le dire. Sans toutefois prononcer la formule classique en usage dans la Grèce continentale, quand on est entre hommes et qu'on s'apprête à trinquer : « Que nos femmes aient longue vie et qu'elles nous laissent après elles » : l'épouse était là devant. Mais si brillant et doré que fût le vin, si douce la saveur

34. « Boccace » a été le pseudonyme de D. K. Psychoyos en tant que rédacteur de la page hebdomadaire « Travaux et 7 Jours » (en écho au poème d'Hésiode *les Travaux et les Jours*) qu'il écrivit dans *To Vima* de 1991 à 1999. À cette date la chronique devint « L'Heptaméron de Diodore » (en écho au *Décaméron* de Boccace), et fut signée « Diodorus Kypselus » (Kypséli est un quartier d'Athènes), par allusion à l'historien Diodore de Sicile, en latin Diodorus Siculus. Quant au nom « Isabeau », il a été choisi en hommage à la « princesse Isabeau », Isabelle de Villehardouin, personnage historique, par ailleurs héroïne du roman de Terzakis qui porte son nom, et en même temps « payse » de D. K. Psychoyos : Isabeau fut de 1289 à 1307 princesse de la principauté franque de Morée, c'est-à-dire du Péloponnèse. En tant que telle elle résidait au château de Clermont (Chlemoutsi), à quelques kilomètres de Clarence, l'actuelle Kyllini. Léchaina, la patrie de l'auteur, se trouve dans le voisinage immédiat.

ταυτόχρονα τραγανή η μασόντρα όπου κυριαρχούσε η τσουκνίδα, τόσο η διάθεσή μου ήταν σκοτεινή, το μυαλό μου θολό, τα συναισθήματά μου πικρά, η ψυχή μου λεία και άμορφη σαν μέδουσα.

Ήταν ο μεγαλύτερος πόνος που είχα νιώσει στη ζωή μου ο θάνατος του πατέρα μου. Ο προηγούμενος μεγαλύτερος πόνος ήταν όταν είχα πάρει τηλέφωνο από το Παρίσι στο σπίτι του Γιώργου Σαγιά, παραβαίνοντας τους συνωμοτικούς κανόνες – γιατί έπρεπε να με είχε ειδοποιήσει πως όλα πήγαν καλά με την τοποθέτηση της βόμβας αλλά ειδοποίηση δεν είχε έρθει. «*Παιδί μου τον Γιώργο θα αργήσεις να τον δεις, αν τον ξαναδείς ποτέ*», μου είχε πει ο κυρ Σίμος. Κατάλαβα πως ο Γιώργος είχε συλληφθεί και εκείνη την ώρα που εγώ ήμουν άνετος στο Παρίσι, αυτός βασανιζόταν στην ασφάλεια. Έκλαιγα ώρα πολύ πριν μπορέσω να αρχίσω τα τηλεφωνήματα, να ειδοποιήσω συντρόφους στην Ελλάδα, στη Γαλλία, την Ιταλία, τη Γερμανία, την Ελβετία να πάρουν τα μέτρα τους.

Για τον πατέρα μου έκλαψα όταν μας είπαν οι γιατροί πως δεν γλιτώνει, ο καρκίνος είχε κάνει μετάσταση στο συκώτι. Όχι αμέσως, σταμάτησα στο Παλαιό Φάληρο γυρίζοντας από το νοσοκομείο στο Ελληνικό. Ήταν νύχτα, φυσούσε δυνατός νοτιάς, η θάλασσα ήταν

des œufs à la *guiza,* si juteuse et croquante à la fois la *massontra* où dominait l'ortie, mon humeur à moi était sombre, mon cerveau voilé, mes sentiments amers, mon âme lisse et amorphe comme une méduse.

La mort de mon père avait été la plus grande douleur que j'eusse éprouvée de ma vie. La pire auparavant, ç'avait été à Paris, le jour où j'avais téléphoné chez Yorgos Sayas. En téléphonant je transgressais les règles de la clandestinité ; mais Yorgos aurait dû me faire savoir que tout avait bien marché pour la pose de la bombe ; et le signe n'était pas venu. « Mon garçon, tu ne reverras pas Yorgos de sitôt, si tu le revois jamais », m'avait répondu monsieur Simos au téléphone. Je compris que Yorgos avait été arrêté, qu'à cette heure où j'étais à mon aise à Paris, lui se faisait torturer dans les locaux de la police. Je pleurai longtemps avant d'être en état de téléphoner aux camarades de Grèce, de France, d'Italie, d'Allemagne, de Suisse, pour les avertir de prendre leurs dispositions[35].

Pour mon père j'avais pleuré au moment où les médecins m'avaient dit qu'il n'y avait pas d'espoir, qu'il avait des métastases au foie. Pas tout de suite. Au sortir de l'hôpital, en route pour l'aéroport, je m'arrêtai à Palaio Faliro. C'était la nuit. Le vent du sud soufflait avec violence, la mer était démontée, les vagues furieuses éclataient sur les rochers et m'éclaboussaient. Le sel de mes

35. Yorgos Sayas fut arrêté en octobre 1971 avec trois autres membres du « Mouvement du 20 octobre », mouvement de lutte clandestine contre la dictature des Colonels issu de « Défense démocratique ».

ανταριασμένη, το κύμα έσκαγε με ορμή στα βράχια, με πιτσιλούσε. Η αλμύρα των δακρύων μου έμπλεξε με τη θαλασσινή. Έφευγε χωρίς να προλάβω να του δείξω πόσο τον αγαπούσα και κυρίως πόσο τον εκτιμούσα. Δεν ήξερα τότε πως όταν πεθαίνει αγαπημένο πρόσωπο χάνεται και ένα μέρος του κόσμου, του εαυτού μας δηλαδή. Ο,τι και αν λένε οι ψυχαναλυτές, για μένα η πραγματική αναμέτρηση με τον πατέρα μου άρχισε μετά τον θάνατό του – αμέσως άρχισαν τα μαλλιά μου να ασπρίζουν από στενοχώρια, τύψεις και ενοχές. Τότε άρχισα να βάζω και το «Κ.» ανάμεσα στο όνομα και στο επώνυμο, για να τον τιμήσω και να εξιλεωθώ.

Αυτά δεν τα ήξερε ο Γιάννης και σωστά απορούσε «πώς έκανα έτσι» – η απώλεια του κομπολογιού ήταν μια ακόμη προδοσία, δεν ήμουν άξιος να διαφυλάξω για έναν χρόνο το θηλυκό αντικείμενο που εκείνος το είχε δεκαετίες, και ο παππούς μου άλλες τόσες· άχρηστος, αυτό ήμουν. Η και κάτι χειρότερο, αγνώμων: το είχα χάσει επίτηδες, κάτι είχα διαβάσει για την ψυχανάλυση των λαθών και των απωλειών.

Τελειώσαμε το γεύμα μας, αγκαλιαστήκαμε, φιληθήκαμε, δώσαμε ραν τεβού το επόμενο καλοκαίρι στο Συρράκο, ψάξαμε μία ακόμη φορά στα ίδια σημεία που είχαμε κοιτάξει δεκάδες φορές πριν, πουθενά το κομπολόι. Ήμουν απολύτως σίγουρος πως το προηγούμενο βράδυ πριν κοιμηθώ το είχα αποθέσει στο τραπέζι του δωματίου

larmes et celui des embruns se mêlaient. Mon père partait sans que j'aie eu le temps de lui montrer combien je l'aimais, et surtout combien je l'estimais. Je ne savais pas alors que lorsque meurt un être aimé se perd en même temps une partie du monde, une partie de nous-mêmes. Quoi qu'en dise les psychanalystes, pour moi le véritable face à face avec mon père commença après sa mort — sitôt après mes cheveux commencèrent à blanchir, de chagrin, de remords, de culpabilité. C'est alors que j'ajoutai la lettre « K.[36] » entre mon prénom et mon nom, pour l'honorer, pour me racheter.

De tout cela Yannis ne savait rien, il était normal qu'il se demande « pourquoi ça me touchait à ce point » — mais pour moi la perte du *koboloï* était une trahison de plus. Je n'avais pas été capable de conserver une seule année l'objet féminin que mon père avait gardé des décennies durant, et mon grand-père de même avant lui. Un bon à rien, voilà ce que j'étais. Pire, un ingrat : je l'avais perdu exprès — j'avais un peu lu l'interprétation psychanalytique des erreurs et des objets perdus.

Nous finîmes notre repas, nous nous donnâmes l'accolade, nous nous embrassâmes, nous prîmes rendez-vous l'été suivant à Syrrako, nous cherchâmes une fois de plus là où nous avions déjà regardé des dizaines de fois — toujours pas de *koboloï*. J'étais absolument certain que la veille au soir avant de me coucher je l'avais posé sur la table dans ma chambre et que le matin je

36. Initiale du prénom Konstantinos, dont « Dinos » est la forme abrégée.

και το πρωί το είχα βάλει στην τσέπη του μπουφάν, αλλά μπορεί να ήταν λάθος της μνήμης και να μην το πήρα μαζί μου, παρηγορήθηκα στην απελπισία μου. Αλλά και αν δεν ήταν στο δωμάτιο, θα έκανα ανάποδα όλη τη διαδρομή της προηγούμενης ημέρας – όσο μικρές, απειροελάχιστες, και αν ήσαν οι πιθανότητες να το βρω, έπρεπε να τις εξαντλήσω. Αλλιώς θα γύριζα μισός στην Αθήνα, έτσι ένιωθα.

Έβγαινα από την αυλή, είχαν πατήσει οι μπρος ρόδες στον δρόμο, όταν άκουσα τραντάγματα πίσω – κάτι είχε σπάσει; Είδα στον καθρέφτη τον Γιάννη, που είχε έρθει να με βοηθήσει στις μανούβρες εξόδου, να μου χτυπά γροθιές στο πορτμπαγκάζ. Σταμάτησα, ήρθε μπροστά – κρατούσε στα χέρια του το κομπολόι, γεμάτο χώματα. Ήταν πατημένο από τη ρόδα– και θυμήθηκα πως όταν παρκάρισα και βγήκα, πήρα από το πίσω κάθισμα και φόρεσα το μπουφάν αλλά ξαναμπήκα και άλλαξα θέση στο αυτοκίνητο γιατί θεώρησα πως ενοχλούσε εκεί που το είχα βάλει. Προφανώς, μου είχε πέσει από το μπουφάν και με τη μανούβρα που έκανα το πάτησε η ρόδα που το κρατούσε δικό της και το ρωγομετρούσε όσο εγώ έψαχνα. Αλλά μπορεί και αυτός που το είχε πάρει να με λυπήθηκε και να το έβαλε εκεί, να μετάνιωσε που με είχε τιμωρήσει.

l'avais mis dans la poche de mon blouson, mais peut-être était-ce un faux souvenir, peut-être que je ne l'avais pas pris, tentai-je de penser pour consoler mon désespoir. Et s'il n'était pas dans la chambre, je referais à l'envers tout le trajet de la veille — si petites, si infimes, que fussent mes chances de le trouver, il fallait que je les tente toutes. Autrement ne reviendrait à Athènes que la moitié de moi-même — c'est ainsi que je le sentais.

J'étais en train de sortir de la cour, les roues avant mordaient déjà sur la route, quand j'entendis des craquements à l'arrière — quelque chose s'était-il brisé ? Je vis dans le rétroviseur Yannis, venu m'aider dans mes manœuvres, qui donnait de grands coups sur le coffre. Je m'arrêtai, il vint à moi — le *koboloï,* plein de terre, était entre ses mains. La roue lui avait passé dessus — je me souvins alors qu'en sortant de voiture après m'être garé, j'avais pris mon blouson sur le siège arrière et l'avais enfilé ; mais qu'ensuite j'étais revenu dans la voiture pour la déplacer parce que là où je l'avais mise j'avais l'impression de gêner. À l'évidence le *koboloï* était tombé du blouson ; du fait de ma manœuvre la roue s'était retrouvée dessus ; elle l'avait gardé pour elle, elle l'avait manié à loisir pendant que moi je le cherchais. Possible aussi que celui qui me l'avait soustrait ait eu pitié de moi, et qu'en fin de compte il l'ait placé là ; qu'il ait regretté de m'avoir puni.

Στραγάλια και έρωτες της Μεγάλης Παρασκευής

Μια φορά και έναν καιρό κάπου διάβασα πως η εξάπλωση της αμπελοκαλλιέργειας ακολούθησε την εξάπλωση του Χριστιανισμού: τα κλήματα ταξίδεψαν από τη Μεσόγειο στα βόρεια κλίματα και έφθασαν ως τις κοιλάδες του Ρήνου και του Δούναβη επειδή είχαν ανάγκη το κρασί οι κληρικοί για τη θεία λειτουργία, για να μεταλάβουν. Είναι πιθανότερο πως καλλιεργήθηκε νωρίτερα, για χάρη των ρωμαϊκών λεγεώνων, που έφθασαν ακριβώς ως τον Ρήνο και τον Δούναβη, αλλά η εξάπλωση του Χριστιανισμού οπωσδήποτε αύξησε τις ανάγκες οίνου που πάνω στην Αγία Τράπεζα θα το μετουσίωναν λόγια μαγικά σε αίμα του Κυρίου. Υπήρχε και η λύση της μπίρας βέβαια, που παρασκεύαζαν οι ντόπιοι πληθυσμοί· δίνει παρόμοια ευχαρίστηση, και σε μεγάλες ποσότητες τα ίδια αποτελέσματα, αλλά οι θρησκείες δεν ανέχονται καινοτομίες και προσαρμογές.

Για τις θρησκευτικές πρακτικές των εφήβων της πολίχνης των Λεχαινών στις αρχές της δεκαετίας του '60, τα στραγάλια είχαν μεγαλύτερη θεολογική σημασία από όση είχαν για τους ιερείς ο άρτος και οίνος, οι

Vendredi saint, amours et pois chiches grillés

En des temps très anciens j'ai lu je ne sais où que l'expansion de la viticulture aurait suivi celle du christianisme : partis de Méditerranée les ceps auraient progressé vers le nord jusqu'aux vallées du Rhin et du Danube, parce que les prêtres avaient besoin de vin pour faire communier les fidèles lors de la sainte messe. Il est plus probable que la vigne fut cultivée plus tôt et pour l'avantage des légions romaines, qui précisément s'avancèrent jusqu'au Rhin et jusqu'au Danube ; quoi qu'il en soit, avec l'expansion du christianisme on eut besoin pour la sainte table d'une quantité croissante de vin, à transformer en sang du Seigneur à coup de formules magiques. Bien sûr il y aurait eu aussi la solution de la bière, qui se fabriquait déjà sur place. Elle procure un plaisir comparable, et à fortes doses assure les mêmes résultats, mais les religions s'accommodent mal d'innovations et d'ajustements.

Dans les pratiques religieuses des adolescents de la bourgade de Léchaina, au début des années soixante, les pois chiches grillés avaient encore plus d'importance théologique que pour les prêtres le pain et le vin deve-

μετουσιούμενοι σε σώμα και αίμα του Κυρίου Ημών Ιησού Χριστού. Η υποχρεωτική, από τους γονείς ή το σχολείο, μετάληψη, το «χρυσό δοντάκι» των παιδικών χρόνων, γινόταν 1-2 φορές τον χρόνο – στραγάλια όμως καταναλώναμε απαραίτητα κάθε Κυριακή, αμέσως μετά το τέλος της λειτουργίας, όταν εγκαταλείπαμε την εκκλησία τρέχοντας όλοι μαζί οι μαθητές.

Τα αγοράζαμε από τον μπαρμπα-Μελίτα, τον πλανόδιο πωλητή που μας περίμενε με το καροτσάκι του στη πλατεία του Αγίου Δημητρίου των Λεχαινών. Με ένα πενηνταράκι παίρναμε ένα χωνάκι στραγάλια ή πασατέμπο ή σταφίδα ή τσιμπίμπω, σουλτανίνα δηλαδή. Τα χωνάκια φτιάχνονταν εκείνη τη στιγμή από χαρτί περιτυλίγματος ή εφημερίδας, τα διάφορα πλαστικά ήταν είδος πολυτελείας ακόμα, όπως και οι νάιλον γυναικείες κάλτσες. Η ποσότητα δεν ήταν ίδια για κάθε καρπό, γιατί δεν είχαν το ίδιο κόστος. Μεγαλύτερη ήταν για τα στραγάλια – αλλά δεν ήταν αυτός ο βασικός λόγος που τα προτιμούσαμε τα αγόρια: τα στραγάλια ήσαν ανδροπρεπή γιατί μπορούσες με αυτά να κάνεις ένα σωρό κόλπα. Ας πούμε, να πετάξεις ένα στραγάλι ψηλά και να καταφέρεις να πέσει κατευθείαν στο ανοιχτό σου στόμα – ή ακόμη καλύτερα να κάνει πρώτα γκελ στο μέτωπό σου και μετά να πάει στο στόμα. Η με κεφαλιά στο στόμα του απέναντι, αν είχατε προπονηθεί συστηματικά. Μπορούσες να κάνεις σωλήνα το χαρτί από το χωνάκι, να βάζεις μέσα στραγάλια και να τα εκτοξεύεις στον ανύποπτο φίλο ή εχθρό

nant corps et sang de Notre Seigneur Jésus-Christ. La communion obligatoire, imposée par les parents ou par l'école (et censée gratifier les enfants de la « petite dent en or »), avait lieu une ou deux fois par an — mais les pois chiches grillés se consommaient impérativement chaque dimanche à la fin de la messe, moment où nous, les écoliers, quittions l'église tous ensemble en courant.

Nous les achetions au père Mélitas, le marchand ambulant qui nous attendait avec son petit chariot sur la place Saint-Dimitris de Léchaina. Contre un billet de cinquante nous avions au choix un cornet de pois chiches, de graines de courge, de raisins secs ou de *tsibibo,* c'est-à-dire de sultanines. À l'époque on confectionnait les cornets avec du papier d'emballage ou du papier journal, le plastique était encore un produit de luxe, comme pour les femmes les bas nylon. Ils étaient plus ou moins remplis, parce que les fruits ne coûtaient pas tous le même prix. Les cornets de pois chiches grillés étaient les plus abondamment garnis — mais la raison pour laquelle nous les préférions, nous les garçons, était ailleurs : les pois chiches étaient chose virile, parce qu'avec eux on pouvait réaliser quantité de coups d'éclat. Par exemple, jeter un pois chiche très haut et réussir à le faire tomber droit dans sa bouche ouverte — ou, mieux encore, à le faire d'abord ricocher sur son front et retomber ensuite dans sa bouche. Ou encore l'envoyer d'un coup de tête dans la bouche de celui d'en face, si on s'était convenablement entraîné. On pouvait convertir le cornet en tuyau, mettre des pois chiches dedans et les catapulter à l'improviste sur son ami

σου. Μπορούσες να καταφέρεις το ίδιο πετώντας τα και με το χέρι ή κλωτσώντας τα στον αέρα με το παπούτσι σαν να ήταν μπάλα – ένα σωρό τέτοια πράγματα που, σε συνδυασμό με τη σκληρότητά τους, τα έκαναν αγορίστικα. Τα κορίτσια προτιμούσαν σταφίδες, οι πιο τολμηρές το πολύ να έπαιρναν αφροστράγαλα, ο πασατέμπος ήταν unisex.

Αλλά αυτά τα κυριακάτικα παιχνίδια μετά τη λειτουργία (ήταν υποχρεωτικός ο εκκλησιασμός για τους μαθητές) όσο ευχάριστα και αν ήσαν δεν είχαν τη χάρη των Μεγάλων των Στραγαλιών Γιορτών που ήσαν οι νυχτερινοί Χαιρετισμοί και η Μεγάλη Εβδομάδα. Έθιμο παμπάλαιο –ίσως κάποιος επίτροπος να ήταν κάποτε πωλητής ξηρών καρπών– επέτρεπε την αγορίστικη κατανάλωση στραγαλιών στις νυχτερινές λειτουργίες. Ο πασατέμπος ήταν απαγορευμένος για να μην υποχρεώνεται να σκουπίζει τα τσόφλια ο νεωκόρος. Ανεκτή ήταν η ευπρεπής κατανάλωση, αλλά όταν πρόκειται για διασκέδαση, ποιο αγόρι ενδιαφέρεται για τους καλούς τρόπους; Ποιος αντιστέκεται στον πειρασμό να πετάξει ένα στραγάλι στο κεφάλι που βρίσκεται μπροστά του; Κάθε τόσο έπεφταν φάπες από τους μεγαλύτερους ή τον νεωκόρο για να αποκατασταθεί η τάξη – αν και στην πραγματικότητα κανείς δεν ενδιαφερόταν να αποκατασταθεί, απλώς οι μεγαλύτεροι έβρισκαν την ευκαιρία να δίνουν φάπες, όπως εμείς βρίσκαμε την ευκαιρία να πετάμε στραγάλια.

Με ένα πενηνταράκι έβγαζες όλη τη λειτουργία μασουλώντας για να περνά η ώρα· με δύο είχες να κερά-

ou son ennemi. Ce qui pouvait se faire aussi à la main, ou en shootant dedans comme avec une balle. Un tas de choses de ce genre qui, associées à la dureté des pois chiches, en faisait une affaire de garçons — les filles préféraient les raisins, les plus hardies se permettant tout au plus des *afrostragala,* des pois chiches tendres. Les graines de courge, elles, étaient *unisex.*

Mais ces jeux d'après la messe dominicale (obligatoire pour les écoliers), quelque agréables qu'ils fussent, n'étaient rien à côté de ces Grandes Fêtes des Pois chiches qu'étaient les Salutations nocturnes des vendredis du Carême et de la Semaine sainte. Une très ancienne coutume — initiée peut-être par quelque lointain bedeau faisant commerce de fruits secs — permettait aux garçons de les consommer à l'intérieur même de l'église lors des offices de nuit. Les graines de courge étaient interdites, pour que le sacristain n'eût pas à balayer les écorces. La tolérance portait sur une consommation bienséante — mais quand il s'agit de s'amuser quel garçon s'occupe des convenances ? Qui résiste à la tentation d'envoyer un pois chiche sur la tête placée devant lui ? Et sans arrêt tombaient des taloches qu'allongeaient les grands ou le sacristain pour que l'ordre fût rétabli. Bien qu'en réalité personne ne se souciât qu'il fût rétabli. Simplement c'était pour les grands l'occasion d'allonger des taloches, comme pour nous celle de lancer des pois chiches.

Avec un billet de cinquante on avait de quoi couvrir toute la messe en mâchonnant pour passer le temps,

σεις και στους φίλους σου και να διασκεδάζεις πετώντας τα εδώ και εκεί. Αλλά δεν ήταν αυτό το σπουδαιότερο: υπήρχαν κάποιες άλλες μεγάλες κρυφές χαρές που μας οδηγούσαν στην εκκλησία τις νύχτες των Χαιρετισμών και της Μεγάλης Εβδομάδας, ενώ βαρυγκωμούσαμε για τον καταναγκασμό του ομαδικού κυριακάτικου εκκλησιασμού. Ερωτικές βέβαια – ξέρουν άλλες οι έφηβοι;

Δεν ξέρω αν έφταιγε η άνοιξη ή το σκοτάδι ή αν ήταν ο συνδυασμός τους που δημιουργούσε αυτό το κλίμα. Ίσως να συντελούσε και το γεγονός της ελεύθερης, κατά βούλησιν, προσέλευσης. Ακόμη και οι θαρραλέοι, εκείνοι που τις Κυριακές κατάφερναν να εξαφανιστούν κατά τη διαδρομή από το Γυμνάσιο έως την εκκλησία, δεν έλειπαν από τους Χαιρετισμούς. Από τη μια μεριά εμείς, γύρω από τον δεξιό ψάλτη, ακριβώς απέναντι τα κορίτσια, πιο πίσω αντίστοιχα οι άντρες και οι γυναίκες, όπως και τις Κυριακές. Μα ήταν σα να μην υπήρχε ούτε χωρική απόσταση ούτε η ψυχολογική που δημιουργούσαν το φως της ημέρας και οι σκοτεινοί καθηγητές που μας συνόδευαν.

Κρυφές ματιές πάνω από τις σελίδες της Σύνοψης (αναγνωστική συνήθεια των κοριτσιών κατά τις νυχτερινές λειτουργίες, όπως τα στραγάλια για τα αγόρια) ενώ προσποιούταν Εκείνη πως εμβριθώς διάβαζε για να μη χάνει λέξη από ψαλμούς και προσευχές· βιαστικά χαμόγελα την ώρα που τάχα κάτι ψιθύριζε στη διπλανή της αλλά ήταν ευκαιρία να γυρίσει το κεφάλι προς εμάς· νεύματα καταφατικά τη στιγμή που δήθεν έκανε

avec deux on pouvait en offrir aux copains et s'amuser à en envoyer par-ci par-là. Mais là n'était pas l'essentiel : d'autres grandes joies cachées nous appelaient aux offices nocturnes des Salutations et de la Semaine sainte — nous qui traînions les pieds pour la messe collective forcée des dimanches. Érotiques bien sûr — les adolescents en connaissent-ils d'autres ?

À qui la faute, au printemps ou à l'obscurité, ou bien à la conjonction des deux, je ne sais. Jouait peut-être aussi le fait qu'on s'y rendait librement, de sa propre volonté. Même les audacieux qui les dimanches réussissaient à prendre la tangente pendant le trajet du collège à l'église, même eux ne manquaient pas les Salutations. Nous les garçons étions d'un côté, autour du chantre de droite ; juste en face les filles ; plus loin, de la même façon, les hommes et les femmes. La même disposition que les dimanches — mais on eût dit que s'étaient abolies la distance spatiale et celle, psychologique, que creusaient d'habitude la lumière du jour et notre escorte de sombres professeurs.

Regards à la dérobée au-dessus des pages du livre de messe (lecture qui était de tradition pour les filles, comme les pois chiches pour les garçons, aux offices de nuit) qu'Elle épluchait dans le feint souci de ne pas perdre un mot des chants et des prières ; sourires furtifs au moment où, feignant de murmurer à l'oreille de sa voisine, Elle tournait la tête vers nous ; signes d'assentiment glissés dans le signe de croix ; *psst psst psst* sournois et grands rires entre copines. Et chez nous même

το σταυρό της· πονηρά ψου-ψου-ψου και χασκόγελα κατά παρέες. Και εμείς τα ίδια – συν η απόλαυση του μασουλίσματος και το αντριλίκι με τα στραγάλια. Βόμβος συνεχής ψιθύρων κρατούσε το ίσο στις ψαλμωδίες. Ερωτικός βόμβος, ξαναμμένος, λιγωμένος, αδιάφορος για τους ψάλτες που φώναζαν κάθε τόσο «σκασμός», για τον παπά που απειλούσε να μας πετάξει έξω. Ο έρωτας φτερούγιζε κάτω από τους θόλους του Άι-Δημήτρη ανάμεσα στις μυστηριώδεις σκιές που δημιουργούσαν τα κεριά και τα καντήλια, τις μυρωμένες από τα βαριά λιβάνια που καίγονταν ακατάπαυστα.

Οι Χαιρετισμοί όμως δεν ήσαν τίποτα μπρος στη Μεγάλη Παρασκευή. Εκείνη την ημέρα γινόταν το αδιαχώρητο στην εκκλησία και καταργούνταν τα σύνορα μεταξύ γυναικών και ανδρών. (Το ίδιο γινόταν και το Πάσχα, όμως τότε η προσέλευση γινόταν κατά οικογένειες, με τον μπαμπά και τη μαμά πάνω από το κεφάλι Εκείνης, ενώ τη Μεγάλη Παρασκευή πηγαίναμε μόνοι μας). Ευτυχέστεροι όλων οι πρόσκοποι οι γύρω από τον Επιτάφιο και ειδικά όσοι ήσαν προς την πλευρά των γυναικών, των κοριτσιών δηλαδή. Τι γλυκό στριμωξίδι ήταν εκείνο, Θεέ μου! Τι μυστικοί και ανομολόγητοι αγώνες για πλησιάσματα, για ένα ακούμπισμα χεριού, για ένα φευγαλέο χάδι. Δεν ήταν μόνο τα κεριά και τα λιβάνια. Είχαν προστεθεί οι μυρωδιές από τις βιολέτες,

manège — avec en plus, grâce aux pois chiches, le plaisir de mastiquer et les exhibitions de valeur virile. Un bourdonnement ininterrompu de murmures faisait aux psalmodies une basse continue. Un bourdonnement amoureux, enfiévré, pâmé, insoucieux des chantres qui répétaient « Silence ! », du pope qui menaçait de nous flanquer dehors. Éros voletait sous les voûtes d'Aï Dimitris parmi les ombres mystérieuses jetées par les bougies et par les lampes à huile, dans le lourd parfum de l'encens brûlant en continu.

Pourtant les Salutations n'étaient rien en comparaison du Vendredi saint. Ce jour-là dans l'église les démarcations s'effaçaient, les frontières séparant hommes et femmes tombaient. (C'était pareil à Pâques, mais à Pâques on se rendait à l'office en famille, et Elle avait papa-maman au-dessus de la tête, alors que le Vendredi saint nous y allions tout seuls.) Les veinards entre les veinards, c'étaient les scouts qui entouraient l'Epitafios[37], en particulier ceux qui se trouvaient du côté femmes, c'est-à-dire près des filles. Mon Dieu, quelle délicieuse bousculade ! Quels combats secrets, inavouables, pour se rapprocher, pour toucher une main, pour une caresse furtive. Aux cierges, à l'encens, s'ajoutait le parfum des violettes, des roses, des lis, des lilas ornant l'Epitafios.

37. Édicule en bois symbolisant la tombe du Christ, décoré d'une profusion de fleurs et de feuillages. Le soir du Vendredi saint on le porte solennellement hors de l'église dans les rues, et la foule des fidèles, tenant des cierges, le suit en procession. Le mot désigne aussi la cérémonie en son entier.

τα τριαντάφυλλα, τα κρίνα, τις πασχαλιές που στόλιζαν τον Επιτάφιο. Σαν να μην έφταναν όλα αυτά, ο παπάς σκορπούσε και μύρο. Και έξω ήταν άνοιξη, Απρίλης-Μάης. Όταν ακουγόταν εκείνο το μελαγχολικό *Ω γλυκύ μου έαρ, γλυκύτατόν μου τέκνον, πού έδυ σου το κάλλος;* δεν ήταν καθόλου διαφορετικά από αυτό που νιώθαμε αργότερα, μετέφηβοι και Αθηναίοι πια, στα σκοτεινά πάρτι όταν χορεύαμε σφιχταγκαλιασμένοι το «Yesterday» των Μπητλς.

Όμως ο Επιτάφιος δεν τέλειωνε εκεί. Ήταν μετά η περιφορά μέσα στα Λεχαινά για να καταλήξουμε στο νεκροταφείο της Αγίας Τριάδας. Το σκοτάδι προφύλασσε τις μικτές παρέες που ήσαν αδιανόητες στο φως της ημέρας από τα αυστηρά επαρχιακά ήθη και τους θεολόγους του σχολείου. Μεγάλη φωτιά έξω από το νεκροταφείο, χιλιάδες κεριά πάνω στους τάφους, από μακριά ακούγονταν βαρελότα και τουφεκιές – πολύ πιο αντρικά πράγματα από τα στραγάλια, δεν υπήρχε λόγος χρήσης τους πια. Και εμείς τρέχαμε στον τρομερό τόπο, που καμιά άλλη ημέρα δεν τολμούσαμε να πλησιάσουμε, χωρίς να φοβόμαστε, ανάμεσα στις ταφόπετρες, πατώντας μάηδες, μαργαρίτες, τσουκνίδες και μολόχες. Εκείνη ήταν πια με τους δικούς της στον οικογενειακό τάφο, να τιμήσει τους προγόνους με ένα κερί, λίγα λουλούδια.

Δεν ήταν μόνο η Άνοιξη, οι μυρωδιές, τα κεριά, τα λουλούδια. Έφταιγαν και οι Αθηναίες. Που κατέβαιναν με τους δικούς τους να κάνουν Πάσχα «στα άγια χώματα». Απόμακρες ξένες που τις βλέπαμε δυο-τρεις

Et pour comble, le pope dispersait de la myrrhe. Au dehors c'était le printemps, avril-mai. Quand s'élevait la complainte « Mon doux printemps, mon très doux fils, où ta beauté a-t-elle sombré ? », ce que nous éprouvions alors n'était en rien différent de ce que nous éprouverions plus tard, sortis de l'adolescence et désormais Athéniens, lors des surprises-parties plongées dans la pénombre où nous dansions, étroitement enlacés, sur le *Yesterday* des Beatles.

Mais l'Epitafios ne s'arrêtait pas là. Il se poursuivait hors de l'église, avec la procession qui nous faisait cheminer à travers Léchaina jusqu'au cimetière de la Sainte-Trinité. L'obscurité protégeait les rencontres mixtes, que l'austérité des mœurs provinciales et l'emprise des professeurs de catéchisme rendaient inconcevables à la lumière du jour. Grand feu à l'extérieur du cimetière, bougies par milliers sur les tombes. Au loin crépitaient pétards et coups de fusil — affirmations de virilité bien plus parlantes que les pois chiches, désormais inutiles. Et nous, en ce lieu terrifiant dont tout autre jour nous n'osions approcher qu'avec crainte, nous nous hâtions entre les pierres tombales, piétinant branches de mai, marguerites, ronces et mauves. À présent Elle était avec ses parents devant la tombe familiale, honorant ses aïeux d'une bougie, de quelques fleurs.

Le printemps, les parfums, les bougies, les fleurs n'étaient pas seuls en cause. Les Athéniennes aussi étaient fautives. Les Athéniennes qui, pour la Pâque, descendaient avec leur famille « en Terre sainte ».

φορές τον χρόνο, με τον αέρα και την ελευθερία της πρωτεύουσας. Ελκυστικές φιγούρες, αντικείμενα σφοδρών ανταγωνισμών, ανέβαζαν τον μεγαλοβδομαδιάτικο ερωτικό πυρετό. Για χάρη τους η κατανάλωση στραγαλιών γινόταν με τον επιδεικτικότερο δυνατό τρόπο, αυτόν που αποδεικνύει πλήρη αδιαφορία προς τους κανόνες.

Τέτοια ήταν η θρησκευτικότητα των παιδικών μας χρόνων: ερωτική και παιγνιώδης. Αυτά που οι θεολόγοι μάς στερούσαν με τις αποβολές, τις χωριστές αυλές κοριτσιών αγοριών για τα διαλείμματα, με την εν χρω κουρά, με την «ψιλή μηχανή», με τα πηλίκια, τις ποδιές, τα κερδίζαμε στο ίδιο τους το γήπεδο, τον ναό, τις γλυκές ανοιξιάτικες νύχτες. Ήσαν παραθρησκευτικές λειτουργίες, ενάντια στη θέληση παπάδων και γονιών. Η εκκλησία πενθούσε τον Κύριο και εμείς γιορτάζαμε την εφηβεία μας. Αυτή εκπροσωπούσε τον θάνατο και εμείς τη ζωή. Για τούτο και δεν γίναμε ποτέ χριστιανοί. Τότε δεν ξέραμε πως αυτό λέγεται εξέγερση. Το μόνο που νιώθαμε ήταν απαγορευμένος πόθος για τα κορίτσια και διάθεση για ανομίες – στραγάλια, βαρελότα, τέτοια πράγματα.

Η ανάμνηση των εφηβικών άνομων μυσταγωγιών με οδηγούσε τις Μεγάλες Παρασκευές στην εκκλησία έως την εποχή του Χριστόδουλου. Επί των ημερών του, η Εκκλησία της Ελλάδος έγινε αποστολική, το να

Lointaines étrangères que nous voyions paraître deux ou trois fois l'an, avec l'allure, la liberté de la capitale. Figures attirantes, objet d'âpres rivalités, elles faisaient monter en flèche la fièvre amoureuse de la Semaine sainte. En leur honneur la consommation de pois chiches pendant les offices de Pâques atteignait le plus haut degré possible d'ostentation, celui qui donne à voir une pleine indifférence aux règles établies.

Telle était la religiosité de nos années d'enfance : érotique et joueuse. Ce dont les hommes de Dieu nous privaient en infligeant des renvois, en séparant garçons et filles aux récréations, en rasant nos têtes à la « tondeuse fine », en nous collant képis et tabliers, nous le conquérions sur leur terrain même, l'église, par les douces nuits de printemps. C'était une liturgie parallèle, une façon de tenir tête à popes et parents. L'Église pleurait la mort du Seigneur, et nous, nous fêtions notre adolescence. Elle représentait la mort, et nous la vie. C'est pourquoi nous ne sommes jamais devenus chrétiens. C'était ce qu'on appelle de la révolte, mais alors nous ne le savions pas. La seule chose que nous sentions, c'était un désir interdit pour les filles, et des envies de transgression — des envies de pois chiches grillés, de pétards, ce genre de choses.

Longtemps, en mémoire des transgressions initiatiques de mes années d'adolescence, les Vendredis saints je suis allé à l'église — jusqu'à ce que s'ouvre l'ère Christodoulos[38]. Sous sa houlette l'Église de Grèce se fit

38. Le très populaire monseigneur Christodoulos (1939-2008) fut dix ans, entre 1998 et 2008, archevêque d'Athènes et primat

εκκλησιάζεσαι δεν ήταν πια αναμνηστική της νεότητας συμμετοχική τελετουργία, σηματοδοτούσε και πολιτική ένταξη. Ήμουν πια και μεγάλος για βλέμματα και στραγάλια, έκλεισε οριστικά το μεγαλοβδομαδιάτικο κεφάλαιο της ζωής μου.

missionnaire. Aller à l'église, ce n'était plus commémorer ses jeunes années : c'était manifester une adhésion politique. D'ailleurs j'avais passé l'âge des pois chiches grillés et des regards ardents. Je mis donc un point final au chapitre « Semaines saintes » de mon existence.

---

de l'Église orthodoxe autocéphale de Grèce. Nationaliste et traditionaliste, il mena un combat virulent contre les réformes par lesquelles le pouvoir politique tentait d'assurer à l'État une certaine indépendance face à l'Église.

Πίτες που στάζουν

Αποφάσισα να γίνω άντρας: να τρώω πίτες με γύρο, να πίνω μπίρες, να τσακώνομαι για τον Ολυμπιακό, να πηγαίνω να νιώθω πίκρες και χαρές στο Καραϊσκάκη, να βγαίνω με τους φίλους μου σε καφενεία και μπαρ, να έχουμε jour fixe να παίζουμε πόκα μια φορά την εβδομάδα. Αυτό προϋποθέτει να ξαναβρώ τους φίλους μου – μη όντας άντρας τόσον καιρό, τους έχω χάσει: όλοι οι παλιοί μου φίλοι κάνουν αντρίκεια πράγματα, ενώ οι καινούργιοι δεν κάνουν τίποτα, είναι σαν εμένα.

Το σκέφθηκα σήμερα το πρωί, όταν βγήκα να ξεθολώσω από τα γραψίματα. Αυτή την τρομερή δουλειά που σε κάνει ακοινώνητο. Ώρες μπροστά στον υπολογιστή, μόνη φυγή να κοιτάζω στα ενημερωτικά σάιτ, μήπως έγινε κάτι τρομερό, ή να παίζω πασιέντσα. Στην οθόνη ξεκουράζομαι από τη δούλεψή της. Δεν συμβαίνει τίποτα τρομερό, έχουν ξαναγίνει όλα όσα συμ-

Pitas suintantes

J'ai décidé de faire l'homme. De manger des gyros, de boire des bières, de m'écharper avec les gens pour la gloire de mon équipe, qui est l'Olympiakos, d'aller à Karaïskaki[39] éprouver des émotions fortes, d'avoir mes rendez-vous avec mes amis au café ou au bar, et *jour fixe*[40] pour le poker une fois par semaine. À condition qu'amis il y ait — à ne pas être un homme si longtemps, je les ai perdus de vue : ceux de mes amis qui font les choses qu'on fait quand on est un homme sont tous des amis d'antan, alors que les nouveaux sont comme moi, ils ne font rien.

L'idée m'est venue ce matin. J'étais sorti pour me dessoûler de mes écritures ; un boulot exécrable, qui fait de vous un asocial. Des heures devant l'ordinateur, sans pouvoir s'échapper autrement qu'en allant voir sur les sites d'information s'il s'est passé quelque chose d'inouï, ou en faisant des réussites. L'écran en continu, et pour le travail et pour le repos. Mais rien d'inouï n'arrive, les événements qui se produisent dans le monde sont une

39. Le stade de l'Olympiakos à Néo Faliro.

40. En français dans le texte.

βαίνουν στον κόσμο, τα ξέρω απέξω και ανακατωτά. Στην πασιέντσα έχω σταθεροποιήσει το σκορ μου στο 31% κερδισμένα παιχνίδια. Όταν οι προσωπικές σου στατιστικές επαληθεύονται συνεχώς, νιώθεις ότι επιβεβαιώνεται η θεωρία περί προορισμού και μη ύπαρξης ελευθερίας βούλησης: είναι προκαθορισμένο ότι θα κερδίσεις 310 φορές στις 1.000. Μόνη ελευθερία να χάνεις συχνότερα, όπως και εκτός οθόνης. Δεν μου αρέσει.

Και το Facebook, αηδία πια: όλοι προσπαθούν να μαζέψουν like. Όπως στα πάρτι τον παλιό καιρό, που προσπαθούσες να γίνεις το κέντρο του ενδιαφέροντος – με στόχο να πείσεις κάποια να την ξεμοναχιάσεις. Όλα τα δημόσια γίνονται για ιδιωτικούς σκοπούς. Και όταν βλέπεις να αναρτώνται εκατοντάδες άρθρα από σάιτ που δεν ξέρεις καν ότι υπάρχουν, από γραφιάδες που δεν τους έχεις ξανακούσει στη ζωή σου, σκέφτεσαι «*μα τι διαβάζει ο κόσμος; Τι κάθομαι και γράφω, δεν έχει νόημα*». Σιγά μη τα διαβάζουν όλα αυτά όσοι κάνουν like· πάντως έχει γίνει πολύ σκληρός ο ανταγωνισμός στο γράψιμο από τότε που εφευρέθηκε το ιντερνέτ, που νόμιζα πως είναι η εκδίκηση της γραφής στην τηλεόραση. Αλλά όταν δεν δημοσιεύονται κείμενα, υπάρχει σχολιασμός του τι συμβαίνει στην τηλεόραση σε ζωντανό χρόνο – εγώ που δεν ανοίγω ποτέ μου τηλεόραση δεν καταλαβαίνω τίποτα. Όμως για να πάρεις like, πρέπει να δημοσιεύεις συνέχεια στον τοίχο σου, όπως για να έχεις κόσμο γύρω σου στα πάρτι πρέπει να μιλάς συνέχεια. Και έτσι συνεχίζεται η διαχρο-

resucée d'autres qu'on a déjà vus, et je les connais tous par cœur et à l'envers. À la réussite mon score s'est stabilisé à 31 % de jeux gagnés. Lorsque votre profil statistique se vérifie avec constance, vous avez l'impression de conforter la théorie du déterminisme, la négation de la volonté libre, et d'être programmé pour gagner 310 fois sur 1 000. Seule liberté : perdre plus souvent, comme en dehors de l'écran. Je n'aime pas ça.

De Facebook aussi je me suis dégoûté : ce qu'ils veulent tous, c'est gagner beaucoup de *like*. Comme dans les boums de jadis, où on essayait de polariser l'attention générale — à seule fin de persuader une fille précise de se laisser prendre à part. Tout ce qui est public procède de motivations privées. Et quand on voit des centaines d'articles apparaître sur des sites inconnus, signés de scribouillards dont on n'a rigoureusement jamais entendu parler, on se dit : « C'est ça que lisent les gens ? Mais alors qu'est-ce que je fais là à écrire ? À quoi ça rime ? » Lisent-ils ce fatras, ceux qui répondent par *like*, — pas de danger. Mais en tout état de cause la concurrence dans l'écriture est devenue très dure depuis qu'on a inventé internet — moi qui pensais qu'avec la Toile l'écriture tenait sa revanche sur la télévision ! Parfois il n'y a pas de vrai texte, et ce qu'on trouve, c'est juste un commentaire en temps réel de ce qui se passe à la télévision — que moi je n'allume jamais, si bien que je n'y comprends rien. Seulement pour avoir des *like* il faut écrire tout le temps sur sa page, comme dans les réceptions pour avoir du monde autour de soi il faut parler tout le temps. Et

νική παράδοση που την ξέρουμε από την κυκλοφορία αναρίθμητων εφημερίδων και βιβλίων με ελάχιστους αναγνώστες: υπάρχουν περισσότεροι Έλληνες που γράφουν από όσους διαβάζουν.

Βγήκα να ξεθολώσω, λοιπόν, και πέρασα από τον «Διόνυσο», το εστιατόριο της Πλατείας Αγίου Γεωργίου στην Κυψέλη που έχει και γύρο – μια φορά τον μήνα με πιάνει η μανία να φάω σουβλάκι. Έβλεπα πάνω από την ψησταριά παλιά σελίδα περιοδικού καπνισμένη από αποθρώσκον λίπος χρόνων και χρόνων: κάποτε το σουβλάκι του «Διόνυσου» είχε ανακηρυχθεί το καλύτερο της Αθήνας. Παραμένει εξαιρετικό, «με απ' όλα», ζήτησα. Όταν αμαρτάνεις, πρέπει να φθάνεις ως τον πάτο· είναι σαν το σεξ: μετρημένο, τι νόημα έχει;

Γιατί τα λίπη έχουν τόση νοστιμιά; Γιατί οι πίτες, ειδικά στα σημεία που έχουν ξεροψηθεί και τα δόντια συναντούν αντίσταση, προσφέρουν τόση απόλαυση; Γιατί το άθλιο τζατζίκι που σε κάνει μετά να βρωμοκοπάς, έρχεται με τη δροσιά του να επικαλύψει τα λίπη και να σε κάνει να θέλεις και άλλο γύρο για να ξαναβρείς το ζεστό λίπος; Και η γλυκιά ντομάτα έχει το ίδιο αποτέλεσμα: γαληνεύει την ένταση του τζατζικιού στον ουρανίσκο, για να μπορεί η τηγανητή πατάτα να διεισδύσει χωρίς προβλήματα ανάμεσα στις άλλες γεύσεις. Είναι όλα έτσι μελετημένα στην πίτα με γύρο ώστε να θες και δεύτερη και τρίτη· δεν είναι ότι το κάνουν από γενναιοδωρία να μη χρεώνουν χωριστά κάθε συστατικό, όπως συμβαίνει με τα σάντουιτς.

ainsi se perpétue inchangée la tradition qui s'est installée avec la parution d'innombrables journaux et livres lus par une poignée de gens : il y a plus de Grecs qui écrivent que de Grecs qui lisent.

Donc je suis sorti pour m'aérer l'esprit, et je suis passé par Dionysos, le restaurant de Kypséli, place Saint-Georges, qui fait aussi des gyros — une fois par mois je suis saisi d'une envie folle de souvlaki. Au-dessus du gril se lisait une vieille page de revue noircie par des années et des années de nostalgiques vapeurs graisseuses : jadis le souvlaki du Dionysos avait été désigné comme le meilleur d'Athènes. Et il est resté à ce niveau d'excellence. « De tout », demandai-je. Quand on pèche il faut aller jusqu'au bout. C'est comme le sexe : les demi-mesures, à quoi ça rime ?

Qu'est-ce qui fait que le gras est si bon ? Pourquoi les pitas — en particulier aux endroits où elles sont un peu raidies, où les dents rencontrent de la résistance — pourquoi donnent-elles tant de plaisir ? Et le fichu tsatsiki, comment s'y prend-il ? Il vous gâte l'haleine, mais avec sa façon d'enrober de fraîcheur les morceaux gras, il fait naître l'envie d'un autre gyros, où reviendra la chaleur du gras. La douce tomate joue un rôle semblable : elle apaise l'intensité du tsatsiki au contact du palais, pour que le goût des frites puisse aisément se faire une place parmi les autres. Dans la pita au gyros tout est pensé pour que naisse l'envie d'en acheter une deuxième, une troisième. Et si la pita, au contraire du sandwich, évite de facturer chacun de ses ingrédients à part, ce n'est pas du tout par générosité.

«Κύριε, στάζει πάνω σας η πίτα». Πάνω στην καλύτερη στιγμή μού το ανακοίνωσε το σαδιστικό γκαρσόνι που το δυσκόλευα να περνά, επειδή στεκόμουν όρθιος δίπλα στην πόρτα. Είχα φθάσει στην καρδιά της πίτας, όλα τα φρικτά ζουμερά σκευάσματα που εγκυμονούσαν τις θείες γεύσεις έκαναν τη ζωή μου όμορφη έως εκείνη τη στιγμή. Η λαδόκολλα δεν είχε διπλωθεί στεγανά, έσταζε ο θεσπέσιος κώνος από την αναποδογυρισμένη κορυφή του, το σακάκι μου είχε γίνει χάλια – και άστραψε ο νους μου πως την πρώτη φορά στη ζωή μου που είχα φάει πίτα (με σουτζουκάκι, όχι με γύρο ήταν εκείνη η πρώτη επαφή με τα πιτωμένα λίπη) είχα πάθει το ίδιο.

14 χρονών, ηλιόλουστη Κυριακή του Σεπτεμβρίου στο Μοναστηράκι, κοσμοπλημμύρα. Μόλις είχα γίνει Αθηναίος ο επαρχιώτης και με είχαν πάρει συνομήλικοι επαρχιώτες που είχαν γίνει Αθηναίοι νωρίτερα να με ξεναγήσουν στα μυστικά του Γιουσουρούμ. Το κορυφαίο από αυτά, ήταν το σουβλάκι με πίτα. Δεν είχε φθάσει στην επαρχία η εφεύρεση της πίτας, ούτε καν το απλό σουβλάκι καλά-καλά – στον σταθμό της Κορίνθου, όπου το τρένο είχε μεγαλύτερη ανάπαυλα στο πολύωρο ταξίδι του Λεχαινά-Αθήνα, κρεμασμένος από το παράθυρο που έγραφε «NE PAS SE PENCHER

« Monsieur, votre souvlaki coule. » Il avait choisi le bon moment pour sa remarque, ce sadique de serveur, que je gênais debout en travers de la porte. J'étais arrivé au cœur de la pita ; toutes ses composantes pleines de leurs sucs affolants, grosses de leurs divines saveurs, étaient là réunies pour sublimer mon existence. Mais le papier mal plié avait lâché, le cône divin fuyait en bas par la pointe, ma veste était à faire pitié — et en un éclair m'est revenue la toute première fois de ma vie où j'ai mangé une pita (c'étaient des boulettes de *soutzouki*[41], pas du gyros, la garniture grasse de cette pita initiatrice).

Quatorze ans, un dimanche ensoleillé de septembre à Monastiraki, au milieu d'une marée humaine. J'étais tout nouvel athénien, et sous la conduite d'anciens provinciaux de mon âge, devenus athéniens plus tôt, je découvrais les arcanes du Youssouroum[42]. Dont le clou était la pita fourrée. En province on ne savait rien encore de l'invention de la pita. Même le simple souvlaki n'était pas encore vraiment arrivé. Ma première expérience de souvlaki, c'est à la gare de Corinthe que je l'avais vécue, dans le train, plié en deux à la fenêtre au-dessus de l'inscription « NE PAS SE PENCHER AU DEHORS[43], ΜΗΝ ΚΥΠΤΕΤΕ ΠΡΟΣ ΤΑ ΕΞΩ », — à la faveur de l'arrêt assez long en gare de

41. le *soutzouki* désigne ici les cylindres de viande hachée épicée qu'enveloppe la pita.

42. Le marché aux puces d'Athènes.

43. En français — dans le texte et dans le train.

AU DEHORS, ΜΗΝ ΚΥΠΤΕΤΕ ΠΡΟΣ ΤΑ ΕΞΩ» είχα δοκιμάσει το πρώτο σουβλάκι της ζωής μου· ξερακιανό και στραβοκομμένο· οι μηχανές που κόβουν το κρέας σε τέλειους κύβους σάρκας και λίπους δεν είχαν ακόμη εφευρεθεί.

Εκείνη την Κυριακή του Σεπτεμβρίου λοιπόν είχε στάξει το, βαμμένο κόκκινο από ντοματένια σάλτσα, λίπος του σουτζουκιού πάνω στο κάτασπρό μου πουκάμισο, το καλοσιδερωμένο. Το είχα διαλέξει με προσοχή και είχα στρώσει τη χωρίστρα στα μαλλιά επιμελώς, γιατί μετά τους φίλους θα συναντούσα τη Ζωή, έρωτα των καλοκαιριών και της Μεγάλης Βδομάδας, που κατέβαινε από την Αθήνα στους συγγενείς. Μικρός ο τόπος εκεί και λίγος ο χρόνος: μια καλημέρα το πολύ να πεις και άντε να κάνεις επίδειξη με μακροβούτια από τη βάρκα. Χώριζαν τον κόσμο αγοριών και κοριτσιών τα άγρυπνα βλέμματα των γονιών – και των καθηγητών στο προαύλιο του γυμνασίου στα διαλείμματα.

Απελπισία, καταστροφή, πώς θα εμφανιζόμουν έτσι λερωμένος στο πρώτο αθηναϊκό μου ραντεβού, σε αυτόν τον ευλογημένο τόπο όπου δεν σε αναγνωρίζουν τα βλέμματα των ανθρώπων που δεν σε ενδιαφέρουν; Και είπε ο Νίκος, που ήξερε, όταν είδε τη δυστυχία μου: «*θα σου δώσω το δικό μου, ρε μαλάκα*» – και ας ήταν Παναθηναϊκός και τσακωνόμασταν συνέχεια.

Corinthe, sur le trajet Léchaina-Athènes, qui durait plusieurs heures. Sec et grossièrement coupé, ce souvlaki : on n'avait pas encore inventé les machines à débiter viande et gras en cubes parfaits.

Ainsi donc, ce dimanche de septembre, la graisse du *soutzouki,* teintée en rouge par la sauce tomate, avait goutté sur mon éclatante chemise blanche parfaitement repassée. Cette chemise, je l'avais choisie avec soin, et je m'étais tracé dans les cheveux une raie impeccable, parce qu'après les amis je devais retrouver Zoé, mon amour des étés et de la Semaine sainte. Zoé était athénienne, mais pour les vacances elle descendait à Léchaina dans la famille. Là-bas l'espace était étroit et le temps limité : juste moyen de dire un bonjour, rien de plus ; ou à tout casser une démonstration de plongeon en piqué depuis la barque. Entre garçons et filles, les regards vigilants des parents dressaient une barrière — et de même au collège, pendant les récréations, les maîtres postés sous le préau avaient l'œil.

Désespoir, catastrophe. Comment me présenter ainsi souillé à mon rendez-vous, mon premier rendez-vous athénien, en ce lieu béni où les regards des gens glissent sur vous sans vous reconnaître, sans prendre garde à vous ? Nikos, qui savait, vit mon infortune et me dit : « Je vais te donner la mienne, espèce d'idiot » — bien qu'il fût pour le Panathénaïque[44] et par conséquent toujours en bagarre avec moi.

44. Équipe de football, rivale éternelle de l'Olympiakos.

Κύματα ευτυχίας αναδύθηκαν από βαθιά μέσα μου στον «Διόνυσο» καθώς η μνήμη μου ανέσυρε τη σκηνή που σε γωνιά με λίγο κόσμο αλλάζαμε πουκάμισα στο Μοναστηράκι με τον Νίκο. Δεν δίνουν τα πουκάμισά τους οι φίλοι του Facebook, και τα σώματα των σημερινών φίλων είναι ανόμοια: ο καθένας πήρε διαφορετικό σωματικό δρόμο στη ζωή του, συσσωρεύσαμε διαφορετικά κιλά και ήταν αργά πια όταν αποφασίσαμε να αποφεύγουμε τα λίπη, ακριβά του foie gras ή φτηνά των στιγμών που σε πιάνει μανία για junk food, για «βρώμικο».

Θα ξαναγίνω άντρας, να βρεθώ με τους παλιούς φίλους, να μοιραζόμαστε τα φιδοπουκάμισα των αναμνήσεών μας.

Et ce matin au Dionysos, de grandes vagues de bonheur m'ont envahi quand j'ai revu la scène où dans un coin discret de Monastiraki Nikos et moi échangeâmes nos chemises. Les amis de Facebook ne donnent pas leur chemise, et les corps de mes amis d'aujourd'hui sont dissemblables : chacun dans son existence a suivi son chemin corporel particulier, nous avons pris des kilos de façon différente, après quoi il était trop tard quand nous avons décidé d'en finir avec les matières grasses, celles, dispendieuses, du *foie gras,* ou celles, bon marché, de ce qu'on mange quand vous prend une fringale de *junk food,* de « cochonnerie ».

Je vais redevenir un homme pour renouer avec mes amis d'avant, avec le temps du partage : pour que nous échangions — mues de serpent — nos souvenirs.

Table des matières

ACHEVÉ D'IMPRIMER

EN DÉCEMBRE 2023

PAR SEPEC NUMÉRIQUE

À PÉRONNAS (AIN)

N°: 17155231101

Dépôt légal : 1er trimestre 2024

IMPRIM'VERT®

PEFC 10-31-3532